la courte échelle

Les éditions la courte échelle inc.

Marie-Francine Hébert

Depuis une vingtaine d'années, Marie-Francine Hébert a une grande passion: l'écriture pour les jeunes. Au théâtre, à la télévision ou dans ses livres, elle raconte avec délices des aventures palpitantes, des histoires à dormir debout ou des petits drames de la vie.

Son travail lui a déjà valu de nombreuses récompenses. Avec *Je t'aime, je te hais* et *Sauve qui peut l'amour*, publiés dans la collection Roman+, elle a gagné le prix des clubs de la Livromanie 1992 et 1993. Pour ses livres-jeux *Venir au monde* et *Vive mon corps!*, les bibliothécaires lui ont décerné le prix Alvine-Bélisle. Elle a également reçu le prix des Clubs de la Livromagie 1989 pour *Un monstre dans les céréales* de la série Méli Mélo.

Certains de ses albums et romans ont été traduits dans plusieurs langues comme l'italien, le grec, l'anglais, le polonais et le chinois, et on retrouve le best-seller *Venir au monde* en cédérom. Quant à sa pièce de théâtre *Oui ou non*, écrite il y a plus de dix ans, elle est encore jouée au Québec et en Europe.

Marie-Francine Hébert écrit pour les lecteurs de 2 à 16 ans, dans chacune des collections de la courte échelle.

De la même auteure, à la courte échelle

Collection livres-jeux
Venir au monde
Vive mon corps!

Collection albums
Série Le goût de savoir:
Venir au monde
Vive mon corps!
Le voyage de la vie

Série Il était une fois:
La petite fille qui détestait l'heure du dodo

Collection Premier Roman
Série Méli Mélo:
Un monstre dans les céréales
Un blouson dans la peau
Une tempête dans un verre d'eau
Une sorcière dans la soupe
Un fantôme dans le miroir
Un crocodile dans la baignoire
Une maison dans la baleine
Un oiseau dans la tête
Un dragon dans les pattes
Un cheval dans la bataille

Collection Roman Jeunesse
Le livre de la nuit

Collection Roman+
Le coeur en bataille
Je t'aime, je te hais...
Sauve qui peut l'amour

Les éditions de la courte échelle inc.
5243, boul. Saint-Laurent
Montréal (Québec) H2T 1S4

Illustration de la couverture:
Hélène Boudreau

Conception graphique de la couverture:
Elastik

Conception graphique de l'intérieur:
Derome design inc.

Révision des textes:
Odette Lord

Dépôt légal, 1er trimestre 2001
Bibliothèque nationale du Québec

La courte échelle bénéficie de l'aide du ministère du Patrimoine canadien dans le cadre de son Programme d'aide au développement de l'industrie de l'édition. La courte échelle est aussi inscrite au programme de subvention globale du Conseil des Arts du Canada et reçoit l'appui du gouvernement du Québec par l'intermédiaire de la SODEC.

La courte échelle bénéficie également du Programme de crédit d'impôt pour l'édition de livres – Gestion SODEC – du gouvernement du Québec.

Données de catalogage avant publication (Canada)

Hébert, Marie-Francine

   Le cœur en bataille

   Éd. originale: 1990.
   Publ. à l'origine dans la coll.: Roman+

   ISBN 2-89021-448-6

   I. Titre.

PS8565.E2C63   2001   jC843'.54   C00-942065-7
PS9565.E2C63   2001
PZ23.H42Co 2001

Marie-Francine Hébert

Le coeur en bataille

Chapitre 1

Qui m'aime?

Ce matin, je me suis réveillée en sueur et avec l'impression d'être couchée sur une bombe à retardement.

Pas étonnant avec le cauchemar que j'ai fait: je m'ennuie toute seule à la maison, comme d'habitude, quand j'entends un énorme bruit d'explosion et la terre se met à trembler. J'ouvre la porte pour sortir, mais il n'y a plus de marches, plus de perron, rien. Et je me réveille juste au moment où je m'agrippe au chambranle, pour ne pas être aspirée par le vertige.

C'est un rêve prémonitoire, j'en suis certaine, et je pressens une catastrophe. Ce ne serait pas surprenant, car on dirait que ma vie m'échappe depuis quelque temps. Si ça continue, je vais finir par me laisser tomber.

Je passe mes journées à faire semblant de rien, mon walkman sur les oreilles; sinon j'ai peur de me mettre à pleurer sans plus pouvoir m'arrêter. Mes parents et mes profs appellent ça «être raisonnable». Mais un beau jour, je vais éclater. J'en ai plus qu'assez de jouer les bonnes filles pour être aimée. De toute façon, ça ne marche pas.

En attendant, je me retrouve avec le sempiternel problème à régler chaque fois qu'il y a un congé scolaire: je ne sais pas quoi faire pour passer le temps.

Si je m'écoutais, je resterais couchée et je dormirais toute la journée. Il me semble que c'était plus facile avant... j'avais juste à m'amuser. Maintenant, c'est si compliqué.

Je me lève pour aller aux toilettes. Le plancher est toujours aussi froid. Pas moyen de convaincre mes parents de mettre du tapis. Il paraît que «le bois naturel», ç'a plus de cachet.

Je détourne les yeux en passant devant leur chambre pour ne pas les voir, au naturel justement, couchés dos à dos, chacun à une extrémité de leur lit *king size,* le plus loin possible l'un de l'autre. Un peu plus, il leur faudrait un téléphone pour se parler. Il n'y a pas si longtemps, ils dormaient si collés qu'on aurait été incapable de passer le moindre fil entre eux...

Au fond du couloir, la porte de la chambre de mon frère Max est fermée. À clé, probablement. Monsieur verrouille sa porte de l'intérieur, maintenant.

Qu'est-ce qu'il a à cacher? Ai-je quelque chose à cacher, moi?... à part que j'ai la trouille. De tout en général, comme d'habitude, et que ma vie soit toujours aussi moche, en particulier.

Quand j'étais petite, je m'empressais d'aller retrouver mon frère Max dans sa chambre, de me faufiler entre ses couvertures et de me coller en cuiller contre son dos. Je nichais ma tête au creux de sa nuque et je suçais doucement mon pouce en comptant les étoiles de rousseur sur ses épaules.

On restait ainsi sans bouger, se délectant du silence de bonheur qui régnait à cette époque-là dans la maison. Ou on jouait à se gratter le dos et à se confier des secrets. Moi, m'en faisant avec tout et lui racontant des peurs du genre:

— Que ferait-on si, un bon matin, on se réveillait et que nos parents s'étaient sauvés pendant la nuit parce qu'ils ne pouvaient plus nous supporter?

Et mon frère, ne s'en faisant avec rien et désamorçant mes peurs en me racontant des blagues du genre:

— On en profiterait pour prendre un petit déjeuner de chips, de boissons gazeuses et de sucreries.

On se répétait souvent en riant qu'on était comme les deux narines du nez, lui et moi. Mais depuis quelque temps, on dirait qu'il ne peut plus me sentir. Il n'y a même pas moyen de lui parler.

Quand par hasard il est à la maison, il reste enfermé dans sa chambre à observer les étoiles ou les oiseaux, je ne sais plus trop, avec la super lunette d'approche qu'il s'est achetée. Toutes ses économies y ont passé.

Ma mère croit que c'est hormonal. Avec elle, tout est physique. Ça inquiète mon père, car il dit, en parlant d'hormones justement, qu'à son âge, Max devrait commencer à regarder les filles.

Je ne m'étais pas trompée. J'ai en effet

la preuve tangible d'un début de catastrophe en apercevant le fond de ma culotte.

Pas encore mes règles!? Elles reviennent donc bien souvent... Et c'est chaque fois la même histoire. Ça commence par trois gouttes et le lendemain, c'est le déluge.

J'avais tellement hâte de les avoir. Je croyais que je serais plus... que je serais moins... Différente, quoi! Qu'elles marqueraient le début d'une vie nouvelle, je ne sais pas, moi.

Pour m'avoir transformée, ça m'a transformée. Depuis que j'ai deux petites bosses de chair sur la poitrine, tout le monde en fait une montagne. Depuis que j'ai mes règles, c'est comme si j'avais la lèpre ou le sida. Mon père n'ose plus me toucher et il a une peur bleue que quelqu'un d'autre le fasse.

Il s'imagine que je ne pense qu'à «ça».

À l'entendre, je n'aurais pas le droit de m'intéresser aux garçons et mon frère Max, qui a un an de plus que moi, n'aurait pas le droit de ne pas s'intéresser aux filles.

Même si je voulais... il n'y en a pas un seul qui daigne jeter le moindre regard sur moi. Je suis bien trop ordinaire. Pour me consoler, mon père dit souvent que j'ai de beaux cheveux longs. Le problème, ce n'est pas les cheveux, mais l'espèce de masse informe et insignifiante qu'il y a en dessous. Certains jours, j'ai l'impression d'être invisible; si je n'avais pas la moitié d'une case à mon nom, à l'école, je douterais de mon existence.

De toute manière, je n'aime personne. Pas même moi... Et surtout pas les gars. Tout ce qu'ils savent faire, c'est de nous dire des niaiseries. Ou de donner des coups de poing dans leur case comme Bruno Yves. Je ne comprends pas ce que les filles lui trouvent à celui-là. C'est le plus niaiseux de tous.

Je retourne dans ma chambre et je me couche en chien de fusil sous les couvertures. Je me surprends à glisser mon pouce dans ma bouche comme quand j'étais petite et je presse fort l'autre main dans le haut de mes cuisses. Ça m'engourdit.

Je sombre finalement dans un sommeil que j'espère éternel. Mais l'éternité est de courte durée. Une heure ou deux plus tard, je me réveille de façon définitive.

Je regarde par la fenêtre. Pour me narguer, il fait un soleil extraordinaire. Ça me renforce dans mon humeur sombre et accentue le risque d'orage. Je ne cadre nulle part, même pas avec le temps qu'il fait.

Tout le monde semble avoir un endroit où aller, un but à atteindre... À moins de téléphoner à Isa?... Isa, mon ancienne meilleure amie, que j'ai longtemps appelée ma soeur tant on se comprenait sans avoir besoin de se parler.

S'il y en a une qui ne pense qu'à «ça», c'est bien Isa. Quand elle n'est pas en amour, elle répète inlassablement que la vie est plate à mort. Quand elle est en amour, elle me rebat les oreilles avec l'élu de son coeur. En ce moment, je ne sais pas ce qui se passe, elle ne me parle de rien.

Mais elle habite juste à côté... On pourrait faire quelque chose... Ça passerait le temps.

— Je ne sais pas moi, Isa, n'importe quoi... Si tu ne peux pas, tu ne peux pas... Tu vas magasiner?! Je pourrais t'accompagner... Tu préfères y aller seule... Bon, bien salut.

Je ramasse sommairement mes cheveux en queue de cheval. Il y a des jours où je n'ai pas le courage de les démêler à fond et encore moins de me regarder dans le miroir.

Je me dirige vers la cuisine jetant, en passant, un coup d'oeil vers la chambre «des maîtres». L'endroit est dévasté. Tout traîne. Un vrai fouillis! La porte de la chambre de mon frère est toujours fermée.

Si j'étais riche, riche, comme à la télévision, la table serait dressée avec un service de porcelaine et des couverts en argent. Je serais accueillie par des odeurs de pain grillé, d'oeufs et de chocolat chaud et j'aurais juste à me faire servir. Mon père et ma mère, assis chacun à une extrémité de la table, me souriraient.

Mais je n'ai droit, pour tout accueil, qu'à un reste de vaisselle sale et à des relents de nourriture figée dans les plats. Sans compter l'habituel message de ma mère. Ce n'est pas une maison que j'habite, c'est une boîte aux lettres.

Léa et Max,

Je suis de garde à l'hôpital jusqu'à ce soir et votre père profite de cette journée de congé pour finir ses corrections au collège. Vous trouverez tout ce qu'il faut dans le frigo. Soyez sages.

Maman

Et voilà! Elle nous plante là comme si on était des étrangers et elle nous recommande d'être sages comme à des enfants. Ça me coupe l'appétit.

Je ressens tout à coup le besoin impérieux de parler à quelqu'un. À n'importe qui! Et surtout à mon frère.

Je m'élance vers sa chambre avec l'urgence d'une rescapée cherchant désespérément à retrouver la seule autre personne vivante sur terre. Si on peut utiliser le terme «vivante» en ce qui me concerne.

— Max, ouvre-moi! Je t'en prie!

Aucune réaction de sa part. Je saisis la poignée, sûre d'avance qu'elle résistera à mes assauts, comme tout ce que je touche depuis quelque temps. La porte s'ouvre!? Ou il est là, ou il est parti en oubliant de fermer à clé.

— Max?

Il n'est pas là. Mais j'ai la surprise de ma vie. Au lieu de retrouver le désordre habituel d'où émane en permanence une odeur de bas sales, de transpiration et de renfermé, sa chambre est tirée à quatre épingles. Et il flotte dans l'air un parfum de lotion après-rasage suspect.

Depuis quand se rase-t-il pour rien, un

jour de congé en plus? C'est louche!

En passant devant la lunette d'approche, j'y jette distraitement un coup d'oeil. C'est alors que je découvre à la contemplation de quel oiseau, ou plutôt de quelle oiselle, mon frère s'adonne depuis quelque temps. La lunette est braquée directement sur la fenêtre de la chambre d'Isa!?

Je l'aperçois justement en train de se maquiller, je devrais dire de se déguiser en annonce de produits de beauté. Je peux la voir aussi précisément que si elle était à côté de moi...

Mon frère aussi alors...

Et il doit l'observer non seulement quand elle se maquille, mais quand elle s'habille, se déshabille...

Je ne sais pas si mon père voulait que mon frère pousse l'intérêt pour les filles jusqu'à en épier une dans sa chambre avec une longue-vue...

C'était donc ça!?! Je n'arrive pas à y croire!

Max ne s'est jamais intéressé aux filles, surtout pas à Isa. Il disait souvent qu'elle avait l'air de sortir d'un catalogue avec ses cheveux blond poupée et ses grandes dents blanches qui sourient tout le temps.

Ce n'est sûrement pas l'observation de ces parties de son anatomie qui passionne mon frère plus particulièrement.

Mon propre frère, un sale voyeur!? Il est aussi pire que les autres.

Je n'ai qu'une envie: prendre mes jambes à mon cou et me sauver en me racontant qu'un beau jour, je ne reviendrai pas.

Je me précipite dans ma chambre pour me changer.

Je mets un soutien-gorge, le vêtement que je hais le plus au monde. Mais comment faire autrement? Courir avec les seins qui ballottent, ce n'est pas très confortable. Avant j'étais libre, libre.

J'enfile un short, des gros bas blancs, et mes éternels souliers de course. Je les ai toujours aux pieds au grand désespoir de mon père qui ne trouve pas ça «féminin». Et alors?!

Je cherche mon vieux coton ouaté gris, le vêtement que je préfère entre tous. Il est tellement usé que «c'est dangereux pour les courants d'air», me lançait souvent Max à l'époque où il m'aimait encore assez pour me taquiner. Je ne le trouve nulle part, moi qui suis une maniaque de l'ordre.

Si ma mère l'a jeté, comme elle menace parfois de le faire, je la tue. Je finis par le trouver. Sur mon dos?! Je ne me rappelle plus l'avoir mis. J'oublie tout, ces jours-ci. Pas de danger que je m'oublie moi-même, de temps en temps.

Je dévale l'escalier et je sors en trombe, claquant la porte assez fort que j'ai l'impression que la maison va s'écrouler comme un château de cartes.

Chapitre 2

La course contre la peine

Mais ce qui s'écroule ne se voit pas, ne fait pas de bruit et laisse le coeur en ruine. Car j'aperçois bientôt mon frère et Isa, sortant de chez elle, main dans la main. Mon frère avec la même Isa aux cheveux blond poupée et aux grandes dents blanches...?!

Qu'est-ce que je deviens, moi, là-dedans?!

Il me semblait qu'il y avait de la catastrophe dans l'air. J'aurais dû rester couchée.

Si on pouvait fondre en larmes jusqu'à ce qu'il ne reste plus rien de soi, c'est exactement ce que je ferais.

C'était donc ça, les cachotteries, les mensonges, les faux-fuyants. Les «Je n'ai pas le temps» de l'un. Les «Je suis occupée» de l'autre. Espèces de traîtres!

Il faut les voir se regarder, des clignotants dans les yeux. On dirait une enseigne au néon annonçant un film cucul. Sortez vos mouchoirs!

Moi, je me sens plutôt d'humeur mitraillette chargée à bloc dans un film de guerre, avec l'envie de tirer sur tout ce qui bouge et plus particulièrement sur l'ennemi à deux faces que je viens de débusquer. Sortez vos pansements!

Je me retrouve vite à leur hauteur et, visant leur main-dans-la-main, je les apostrophe.

— C'est ça que vous maniganciez, tout ce temps-là...!?

Max adopte sur-le-champ un air innocent d'enfant pris la main dans le sac:

— Qu'est-ce qu'il y a, Léa? On s'en va juste magasiner.

J'apostrophe aussitôt une Isa dissimulant mal qu'elle est en train de me mentir au nez:

— Il me semblait que tu devais y aller seule...

— Bien... euh!... on s'est décidés à la dernière minute, me répond Isa, le sourire rouge bonbon figé sur ses grandes dents.

Je foudroie l'hypocrite du regard, fourbissant mon arme. Je sens que si j'appuie sur la détente, je ne pourrai pas m'arrêter. C'est le premier coup qui coûte. Et je n'ai plus rien à perdre. Alors je charge:

— Penses-tu me faire avaler ça, Isa Lafond...?

La fumée me sort par les oreilles:

— ... et as-tu peur de te perdre dans la foule si tu ne te cramponnes pas à la main de mon frère?

Isa lâche immédiatement la main de Max, se souvenant probablement qu'il n'y a pas si longtemps, elle était la première à trouver ça niaiseux. Et elle me répond de sa petite voix d'oiselle effarouchée:

— Franchement, Léa...

Max rattrape la main d'Isa qui reprend aussitôt du poil de la bête.

— C'est moi qui ai peur de me perdre, rectifie mon frère, se croyant drôle.

J'en tremble:

— Tu as le culot de blaguer pendant que moi...

Dans l'espoir de m'apaiser, mon frère avance vers moi sa main libre:

— Pendant que toi quoi, Léa?

Je m'écarte rapidement. Je ne veux plus jamais rien savoir de lui:

— Laisse tomber, je me comprends!

Mon frère sort son regard d'hypnotiseur:

— Léa...

Rien à faire, je crache le feu:

— Vous auriez pu le dire pour vous deux, au lieu de me fuir comme la peste!!!

Isa ose un:

— On avait peur de ta réaction, Léa!

— Ma réaction?! Quelle réaction?!

— Depuis quelque temps, il n'est pas très facile de te parler, ajoute mon frère de sa voix la plus mielleuse pour faire passer la pilule.

Et l'écho répond:

— C'est vrai, Léa...

— Es-tu obligée de répéter la moindre de ses paroles, Isa Lafond?!

Ça lui cloue le bec. Max renchérit, tout doux:

— Tu as toujours l'air de ronger ton frein, d'en vouloir au monde entier.

Elle est bonne, celle-là!

— Moi, j'ai «l'air de ronger mon frein»?! Je ne dis jamais un mot!

— Alors personne ne sait ce que tu as... murmure mon frère.

Je suis près de tomber dans le filet de
ses grands yeux tout en cils:

— Je n'ai rien, justement... Je suis toujours seule comme une dinde, dis-je en ra-
valant mes larmes.

— Il y a plein de monde qui ne deman-
derait pas mieux que d'être avec toi, ajoute
Max en faisant tourner une boucle de ses
cheveux rouge feu autour de son doigt
pour mieux m'embobiner.

À part vous deux, évidemment, ai-je
envie de préciser; mais il y a des limites à
tout. Je ne suis quand même pas pour les
supplier à genoux de s'occuper de moi. Je
les mets alors au défi de me nommer une
seule personne:

— Qui, par exemple?

— Bruno Yves, par exemple, répond
mon frère.

Je manque de m'étouffer:

— Pas Bruno Yves?! Tu veux rire de
moi?

— Quoi?... C'est le plus beau gars de
l'école, ajoute Isa.

— À part moi, bien sûr, objecte Max,
moqueur.

— Toi, ce n'est pas pareil, susurre Isa.

— Pas ce grand niaiseux-là qui ne dit

jamais un mot et qui passe son temps à donner des coups de poing dans la porte de sa case!? Qui est aussi la tienne, Max... Je n'arrive d'ailleurs pas à comprendre comment tu as pu te retrouver avec lui.

— Il n'est pas niaiseux, il file un mauvais coton, rétorque Max. Depuis que...

— Il faudrait que j'aille le consoler pour vous faire plaisir, peut-être?! Vous voulez me jeter dans les bras du premier venu afin de vous débarrasser de moi en toute bonne conscience!?

— Veux-tu me dire ce que tu as, toi, depuis quelque temps? me demande mon frère, imperturbable.

Il n'y a pas moyen de lui faire perdre son calme à celui-là. Alors que moi, j'ai juste envie de hurler:

— Vous voulez le savoir? Eh bien, vous allez le savoir...! J'ai que...

Je m'interromps en pleine envolée, juste au moment où j'allais ajouter: «... personne ne m'aime!»

— Sors-le, une fois pour toute, insiste mon frère.

Alors, je leur crie par la tête:

— Je trouve que vous êtes tous une bande d'imbéciles!

Ça coule sur mon frère comme de l'eau sur le dos d'un canard.

— À part toi, je suppose, me lance Isa, petite cane à l'abri de l'épaule de son mâle.

Et pensant asséner à la traîtresse le grand coup qui l'achèvera et écorchera mon frère par la même occasion, je lâche ma bombe:

— Entre parenthèses, savais-tu, ma chère Isa, que mon frère a une super lunette d'approche braquée sur ta chambre et qu'il voit tout ce que tu fais?

La bombe rebondit tel un boomerang et m'éclate dans la figure quand Isa répond tout de go:

— Savais-tu, ma chère Léa, que j'en avais une braquée sur la sienne?

Je perds pied. Si je m'attendais à ça! Et je me raccroche à la première méchanceté qui me vient à l'esprit:

— À part ça, Max, veux-tu bien me dire ce que tu lui trouves avec «ses cheveux blond poupée et ses grandes dents blanches qui sourient tout le temps»?

L'assurance d'Isa menace un instant de s'effondrer, mais mon frère vient vite à son secours en déclarant d'un ton toujours aussi égal:

— Ce n'est pas parce que, depuis un bout de temps, tu n'aimes personne qu'on est obligés de faire comme toi!

Isa se tourne vers mon frère et pose sur lui un regard de rondelles d'oignons frites baignant dans l'huile.

— Viens, Isa, lui dit mon frère.

Et ils ont le culot de me planter là et de continuer leur chemin, mine de rien.

Mon frère et Isa en amour?! Et moi, là-dedans, hein?! Tout le monde s'en fout. J'ai le sentiment d'être au milieu d'une armée en déroute, abandonnée par les seuls alliés que j'avais. Je file dans la direction opposée, pensant juste à me venger, faute de mieux.

J'ai trouvé. Je vais me jeter sous les roues de l'énorme camion qui s'en vient. Attirés par le bruit de l'impact, Max et Isa accourront et m'apercevront au milieu de la rue, réduite en un petit tas sanguinolent. Et ils regretteront jusqu'à la fin de leurs jours de m'avoir abandonnée.

Je m'élance...

Le chauffeur du véhicule donne un coup de roue et immobilise son mastodonte dans un crissement de pneus. Mais, au dernier moment, je m'arrête sec.

Il me crie, les yeux sortis de la tête:

— Tu ne pouvais pas faire attention, j'ai failli t'écraser!?

Je jette un coup d'oeil en direction d'Isa et de Max. Ils n'ont eu conscience de rien, trop occupés qu'ils sont à fondre l'un sur l'autre dans leur cornet à deux boules.

— Voulez-vous bien me dire ce que vous avez dans la tête, vous autres, les jeunes... poursuit le chauffeur en s'épongeant le front.

Rien dans la tête, tout dans le coeur, ai-je envie de lui répondre. Mais il ne comprendrait pas. Je ne suis pas sûre de comprendre moi-même, alors...

Et je me sauve en courant le plus vite possible. Comme si je pouvais réussir à laisser ma peine derrière.

Chapitre 3

Si j'étais ma mère...

Je cours sans vraiment savoir où je vais, martelant le trottoir au rythme incessant de ma frustration et de mon désarroi. La première chose que je sais, je me retrouve devant l'hôpital où travaille ma mère.

Je vois une grande femme blonde entrer avec une fillette de quatre ans dans les bras. Elle presse son enfant fiévreux sur son coeur comme s'il s'agissait du trésor le plus précieux. Le père n'a d'yeux que pour elles, ne sachant que faire pour leur être agréable.

Je donnerais n'importe quoi pour avoir quatre ans, être malade et courir me jeter dans les bras de ma mère devant mon père attendri qui me regarderait comme si j'étais la huitième merveille du monde.

Mais je les ai perdus depuis longtemps, mes quatre ans, et tout ce qui me reste c'est l'interdiction de déranger «pour rien» ma grande pédiatre de mère à son travail.

Il me semble que si j'étais ma mère et que ma fille arrivait dans cet état-là, je sentirais aussitôt ce qu'elle vit et je la prendrais dans mes bras... car elle compterait plus que tout.

J'entre et je me faufile jusqu'à l'escalier menant à l'étage de la pédiatrie, le coeur battant.

Quand j'étais petite, je harcelais mon père pour aller avec lui chercher ma mère à l'hôpital. Je supportais hardiment l'odeur persistante de médicaments et surtout la vue d'enfants infirmes ou malades, car je croyais ma mère investie du pouvoir de mettre un terme aux souffrances de l'humanité entière. Le respect et l'admiration avec lesquels l'infirmière à l'accueil prononçait son nom me le confirmait chaque fois.

L'infirmière de garde me dit sur le ton de la frustration contenue (il doit y avoir un conflit de travail dans l'air) que docteure Tremble est dans la 302 avec une malade.

Je m'approche de la chambre en question, pleine de l'espoir qu'elle saura, cette fois, faire les gestes et dire les mots qu'il faut pour me réconforter. Je glisse ma tête dans l'entrebâillement de la porte.

Je la vois de profil, assise sur le bord du lit. Ses beaux cheveux rouge feu qui commencent à grisonner sont ramassés en un vague chignon. «C'est plus pratique», me répète-t-elle souvent. Elle était si belle, avant.

Tout mon être lui crie: «Au secours!» Elle va tout de suite sentir à quel point j'ai besoin d'elle et se tourner vers moi.

Mes espoirs s'évanouissent d'un seul coup quand, le coeur à des kilomètres du mien, elle se penche sur une fille d'à peu près mon âge afin de replacer les oreillers derrière son dos.

Mademoiselle porte un turban d'actrice de cinéma et affecte un regard tellement misérable que, même si je m'exerçais pendant des semaines devant le miroir, je n'arriverais pas à l'imiter. Elle s'accroche à ma mère comme si c'était la sienne. Et ma mère s'en occupe cent fois mieux que si c'était sa fille.

Ne voilà-t-il pas que ma mère lui caresse

la joue?! Ma jalousie atteint son comble! Les seules fois où elle m'effleure, moi, c'est pour pointer une tache sur mes vêtements. Et elle a le culot de lui murmurer, à elle:

— Ne t'inquiète pas, ma chouette, je suis là, ça va aller!

Moi aussi, je suis là. Mais elle n'est pleine d'attention que pour l'autre. Une parfaite étrangère! Qu'elle appelle «ma chouette»! Si on pouvait vraiment foudroyer quelqu'un du regard, elles tomberaient toutes les deux raides mortes sous la violence du mien.

Ma mère se lève. Il était temps!

— Je vais être juste à côté, si tu as besoin de moi, Sylvie-Anne.

— Moi aussi, répond la fille, d'un air moqueur.

Ha! Ha! Ha! Que ma mère la trouve drôle et attendrissante!

Elle ne va pas encore lui caresser la joue?! C'est un tic ou quoi?

Je me retire juste à temps et ce n'est qu'en sortant de la chambre que ma mère m'aperçoit. Elle sursaute comme si j'étais une apparition:

— Léa?! Qu'est-ce que tu fais ici?!

Je reste là à la regarder bêtement, bouche bée. Des sentiments contradictoires se bousculent en moi à un rythme effarant et les mots s'empilent, coincés dans ma gorge. J'hésite entre l'étrangler et me jeter dans ses bras. Mon trouble est si grand que j'en tremble. Une mère devrait sentir ces choses-là. Pas la mienne.

Je discerne dans ses yeux même pas maquillés, si l'on excepte les quelques rides commençant à se dessiner tout autour, qu'elle ne voit qu'un vieux coton ouaté gris plein de courants d'air, surmonté d'une tête d'épouvantail à moineaux.

J'amorce, pour l'abandonner aussitôt, car ce serait un coup d'épée dans l'eau, le geste de réajuster mon vêtement et de remettre en place les mèches rebelles.

Ma mère plonge alors la main dans la poche de son sarrau blanc informe et me demande si j'ai besoin d'argent.

— Tu crois pouvoir te débarrasser de moi en me donnant de l'argent. C'est ça?!

Ma mère fait celle qui ne comprend pas ma réaction. Comme si ça venait d'une étrangère.

— C'est moi, ta fille, Léa. Aurais-tu oublié que tu as une fille?

— Qu'est-ce qui te prend, Léa?!

— «Ne t'inquiète pas, je suis là! Je vais être à côté, si tu as besoin de moi!» Elle, tu n'arrêtes pas de lui caresser la joue et moi, tu me demandes si j'ai besoin d'argent. Je n'en veux pas de ton argent.

Prise en faute, elle remet furtivement l'argent dans sa poche et s'avance en m'ouvrant les bras:

— Excuse-moi, Léa, j'étais préoccupée...

Je m'esquive:

— Trop tard! Le mal est fait!

— Voyons, Léa. C'est mon travail, objecte ma mère restée en plan et ne sachant trop que faire de ses bras tendus.

— Ce n'est pas aussi ton travail de t'occuper de ta propre fille?!

— Je m'occupe de toi, répond-elle en se ressaisissant, sûre de son fait.

— Tu n'es jamais là, maman! Je ne me rappelle pas le dernier repas que nous avons pris tous les quatre ensemble. Ne me répète pas que ce n'est pas la quantité, mais la qualité qui compte. Je l'ai assez entendue, celle-là. Et la maison est un vrai fouillis, tout traîne!

Elle reste un moment sans voix, ne pouvant croire à la réalité de l'attaque.

— L'homme de ménage vient demain...

Voilà ce qu'elle trouve à répondre. Je rue dans les brancards. C'est comme si je venais d'ouvrir un placard bourré de rancoeur. Tout sort pêle-mêle:

— Il me semble que tu pourrais te maquiller de temps en temps. Entre parenthèses, maman, tu as un poil au menton.

Touchée!

Elle tombe des nues et vérifie, mine de rien, son menton, la main tremblante:

— J'ai un poil au menton?! Elle est bonne, celle-là... Eh bien... je vieillis, ma fille, au cas où tu ne t'en serais pas aperçue!... Depuis quand t'intéresses-tu au maquillage?! Surtout à celui de ta mère?...

— Et que se passe-t-il entre papa et toi depuis quelque temps, hein?!

— Il ne se passe rien... bredouille ma mère, feignant d'ignorer où je veux en venir.

J'enfonce le clou:

— «Il ne se passe rien», justement! Vous ne vous aimez plus, c'est ça?!

Elle se défile:

— Qu'est-ce que tu vas chercher là?... On ne se dispute jamais, ton père et moi...

Je reviens à la charge:

— Vous n'êtes pas assez ensemble pour ça!!

Elle a beau essayer de se justifier en invoquant leur travail respectif, mon idée est faite. Une fille sent ces choses-là.

— C'est comme moi, je ne me rappelle pas la dernière fois que tu m'as disputée!

Elle avale de travers, complètement dépassée. On ne peut pas être sur deux planètes plus éloignées l'une de l'autre.

— Pourquoi voudrais-tu que je te dispute, Léa?! Tu ne fais jamais rien de mal. Tu as toujours été tellement raisonnable.

— Plus raisonnable que ça, je disparais! Veux-tu me dire ce qu'elle a de plus que moi, la fille au turban?

— Sylvie-Anne...?! Toi, tu es pétante de santé, ma puce, murmure-t-elle, tentant un rapprochement.

Aussitôt fracassé dans l'oeuf:

— «Ma puce»... Je vieillis au cas où tu ne t'en serais pas aperçue.

— Ma grande... s'empresse-t-elle de rectifier.

Ce n'est pas suffisant:

— Léa tout court. Ou mademoiselle, peut-être? J'aurais sans doute plus de chance avec mon numéro d'assurance-maladie...

Ma mère prend une grande inspiration, se disant probablement que c'est hormonal, et me joue la scène de la pitié.

— Tu sais de quoi elle souffre, cette jeune fille?... De leucémie. Elle était en rémission depuis une bonne année et elle vient de rechuter. Elle a mal et supporte de moins en moins les médicaments. Je ne sais plus quoi faire. Elle a à peu près ton âge, Léa.

Là, j'avoue que je dois me retenir à deux mains pour ne pas tomber dans le panneau de la compassion. Une fille de mon âge atteinte de leucémie! Qui a dû perdre tous ses cheveux à cause de la violence du traitement! Je revois ses yeux creux et son regard douloureux. Ce n'est pas juste. Pourquoi elle?

Mon menton se met à trembler comme chaque fois que je me retiens pour ne pas pleurer:

— Elle va mourir?!

— Je l'ignore, Léa.

— Tu ne la laisseras pas faire, hein, maman?!

Je donnerais n'importe quoi pour l'imaginer encore investie de ce pouvoir magique de tout guérir. Ma mère aussi, probablement.

— Je vais tenter l'impossible, Léa.

Je la crois et l'admiration que j'avais pour elle se ranime d'un seul coup. Il y a dans son regard un tel amalgame de peine, d'impuissance et de désir fou de sauver le monde. D'habitude, je m'y baigne sans attendre et nous faisons la paix.

Elle m'a chaque fois avec ses «cas pathétiques». Rapidement, mes problèmes ne font plus le poids et elle me tapote le bras, pressée de retourner à ses affaires. Mais aujourd'hui, je suis en manque de tout. Et de la compassion, je n'en ai même pas assez pour moi.

— C'est sûr, contre elle, je n'ai aucune chance. Tu as chaque fois une bonne raison, tu travailles dans un hôpital. Tout le monde est malade. Ils auront toujours un avantage sur moi. Il y a seulement ta carrière qui compte. Ce que je vis, ce que je sens, tu t'en fous.

— Qu'est-ce qui ne va pas, Léa? soupire ma mère.

Je n'ai aucune envie d'essayer de lui expliquer que rien ne va. Que depuis quelque temps, je ne comprends rien à rien, surtout pas à moi. Mais à quoi bon en parler? Le monde entier a l'air de ne rien comprendre à rien. Surtout pas à ce qui m'arrive.

Moi aussi, je suis en train de mourir, mais d'un mal qu'aucune radiographie ni analyse sanguine ne peut déceler. Alors, ça n'intéresse personne, surtout pas ma mère...

— T'es-tu disputée avec ton père?... Avec Max?... Avec Isa? As-tu des problèmes en classe?... Réponds quelque chose, Léa... Je ne peux pas deviner, moi, je ne suis pas télépathe.

Si elle savait à quel point je me sens seule. J'ai juste envie qu'elle me prenne dans ses bras. Si elle ne le fait pas, c'est moi qui le ferai. Un, deux, trois, j'y vais...

Le haut-parleur de l'hôpital me coupe l'élan net, bête, sec:

«Docteure Tremble est priée de se présenter à l'urgence.»

L'esprit de ma mère s'envole aussitôt à l'urgence. Il ne reste plus devant moi que son corps essayant de dissimuler sa hâte d'y être et de pouvoir enfin s'occuper de tous les malades de toutes les urgences du monde à part sa fille...

— Léa, il faut que j'y aille. On en

reparlera ce soir, tu veux?

— Pour me faire dire que c'est hormonal...

Histoire de la piquer et de lui gâcher sa journée, je laisse tomber:

— Je ne serai peut-être pas là, ce soir...

Elle mord à l'hameçon:

— Et où seras-tu?

— Je ne sais pas!

— Léa, ne me fais pas ça... Ne m'inquiète pas pour rien, je t'en prie...

«Docteure Tremble est priée de se présenter à l'urgence.»

Du regard, elle me supplie de la rassurer.

Rien à faire, je lui en veux à mort et je la plante là avec son inquiétude.

— Léa...

Si j'étais une bonne fille à sa maman, je me retournerais et je lui concéderais au moins un sourire pour la rassurer. Mais c'est fini, ce temps-là.

Je me sens coupable d'agir ainsi, mais dix fois moins que si je cédais encore.

Je prends mes jambes à mon cou et je me sauve en me disant que je devrais rentrer chez moi et me terrer comme les espions quand la journée commence mal. Car ça risque d'être la journée de l'emmerdement maximum où rien de bon ne peut arriver.

Je ne croyais pas si bien dire. Car je n'ai pas fait trois pas que j'aperçois Yvann avec Bruno, mon supposé prétendant! Il est trop tard pour changer de direction ou traverser la rue sans avoir l'air de fuir.

Bruno a son éternel vieux sac à dos de l'armée qui lui fait de drôles d'épaules. Le plus beau gars de l'école?! Où ça? Moi, je ne devine que son air bête habituel derrière le pan de cheveux noirs qui lui cache la moitié du visage.

Yvann, c'est toute sa face en éruption, agitée en permanence d'un rire nerveux qui finira un jour par lui décrocher les mâchoires, qu'il devrait dissimuler.

En attendant, j'appréhende le pire. Pas de Bruno, il ne dit jamais un mot. Je ne crois pas l'avoir vu ouvrir la bouche, ne serait-ce qu'une fois. Je ne suis même pas sûre qu'il ait des dents. Tout ce qu'il sait faire, c'est bardasser la porte de sa case.

Le pire m'arrive justement lorsque Yvann me lâche, en me regardant droit dans les seins:

— Hé! Léa, est-ce que ça fait mal quand ça pousse? Ouaf! Ouaf! Ouaf!

Il donne un coup de coude à Bruno qui baisse la tête, gêné, dissimulant un semblant de sourire derrière sa mèche de cheveux.

Ils s'attendent probablement à ce que je rougisse et que je baisse la tête sans un mot. Mais je ne sais pas ce qui me prend, les larmes me montent aux yeux et je réponds:

— Oui!

Je ne reste évidemment pas là pour leur voir l'air. Chose certaine, ça leur en bouche un coin. Et j'embraye en 10e vitesse en direction de la montagne, des tonnes de sanglots plein la gorge.

Chapitre 4

Touchez-moi, quelqu'un

Aux abords du chemin qui monte en serpentant jusqu'au sommet de la montagne, je cède presque à la tentation de me laisser choir au pied d'un arbre. Qu'est-ce qui me pousse à m'époumoner et à grimper au pas de course, sachant que j'aurai bientôt l'impression de traîner derrière moi une pierre invisible de plus en plus lourde?

Le plaisir de redescendre, justement. Sans la pierre. Avec la sensation de flotter, à la fois légère et toute-puissante dans un air où personne ne peut m'atteindre.

Et je ne risque pas de rencontrer quelqu'un que je connais là-haut. À cette heure-ci, ils dorment encore presque tous, épuisés d'avoir fêté trop tard la veille de leur jour de congé.

Je m'acharne donc à pousser un pied à la fois. Pendant que je ramasse mon énergie pour déplacer l'autre, je ne pense à rien. Et au moins, je ne recule pas... je ne m'enfonce pas... devrais-je dire, comme dans ma vie.

J'arrive enfin au sommet, en nage mais fière de moi. Je m'arrête à la fontaine, histoire de m'hydrater et de souffler un peu.

Je n'ai pas mangé depuis hier soir et je n'ai évidemment rien apporté. Comment se fait-il que je ne pense jamais à ces choses-là? Mon frère prévoit toujours tout, lui. Beau résultat quand ça se retourne contre moi!...

De toute manière, je ne mourrai pas de faim. J'ai des réserves. Un peu trop à mon goût, même. Je veux juste retrouver mon coin habituel, m'étendre dans l'herbe, sentir tourner la terre sous moi et me laisser chauffer au soleil. Si je pouvais donc prendre racine et me transformer en végétal.

Je viens à peine de m'asseoir que j'aperçois, à deux pas de moi, des amoureux en train de se bécoter. Qu'est-ce qu'ils ont tous?!

Ma première réaction est de m'éloigner. Mais c'est plus fort que moi, je reste clouée là. Comme devant un *soap* à la télé. J'ai beau trouver ça gnangnan, je ne peux m'empêcher de regarder jusqu'à la fin.

Ils n'arrêtent pas de s'embrasser partout sur le visage, de se mordiller le nez, et les joues, et les oreilles, et le cou, alouette.

Le voilà qui glisse une main dans son chemisier... Et elle, dans sa chemise. Pourquoi pas dans le pantalon, tant qu'à y être?! Ne vous gênez surtout pas pour moi. Il faudrait peut-être que j'applaudisse, en plus?

Je me prends tout à coup à les envier. J'en ai le coeur serré. Je ne me rappelle pas la dernière fois que quelqu'un m'ait touchée...

À part le gros Maurice à l'école, l'autre jour. Mais c'était pour me pincer une fesse. Si je pouvais donc trouver le courage de lui rendre la pareille, si jamais il recommence.

J'entends soudain, au-dessus de moi, la voix d'un gars hors d'haleine:

— Ah! Léa... Tu cours drôlement vite!?

Je lève la tête et je découvre, derrière la grande mèche de cheveux noirs qui se balance, ce grand niaiseux de Bruno tout rouge et en sueur.

Il a eu le temps de remarquer le couple que je regardais avec tant de convoitise. Je me sens prise en flagrant délit et je ne peux résister à l'envie d'attaquer la première:

— Tu parles, toi?! Je pensais que la seule chose que tu savais faire, c'était rire des farces plates d'Yvann.

— Justement, pour la farce plate de tout à l'heure...

Il baisse la tête, cherchant à dissimuler complètement son visage derrière ses cheveux:

— Eh bien!... je voulais juste te dire que je n'étais pas d'accord.

J'en perds le souffle. Si je m'attendais à ça!

Il reste là, sans bouger, ses bras trop longs pendant de chaque côté de lui, toute son énergie semblant avoir servi à produire cette phrase-là. Seule sa mèche de cheveux qui frémit au rythme de sa respiration témoigne qu'il est encore vivant...

Il ne sait plus quoi dire ni quoi faire. Moi non plus.

Pendant une fraction de seconde, je suis tentée de lui avouer que j'apprécie son geste. J'essaie de modeler mes lèvres en une espèce de sourire, mais je n'arrive pas à desserrer les dents ni le coeur:

— Pas de danger que tu l'aies dit tout à l'heure à Yvann!

Il repousse promptement ses cheveux dans un sursaut de courage et me jette un regard vert eau de mer:

— Je te le dis à toi.

Je n'aurais jamais cru qu'il avait de si beaux yeux. Je m'y attarde sûrement un peu trop, car il rougit. Pour ne pas rougir aussi, je marmonne, faisant celle qui est au-dessus de tout:

— Je suppose que c'est mieux que rien.

Le vent se lève dans son regard et il hausse légèrement une voix mal assurée:

— Je prends la peine de courir jusqu'ici pour m'excuser, et ce n'est pas encore assez!? Tu es bien à pic, Léa Tremble!... Tu as mangé de la vache enragée ou quoi?!

Je ne sais pas depuis combien de temps quelqu'un s'est assez intéressé à moi pour me parler sur ce ton-là. Je ramollis un peu:

— Non, justement! Je n'ai rien mangé de la journée; c'est sûrement pour ça.

Il dégage son sac à dos de ses épaules, s'accroupit et l'ouvre:

— Veux-tu une orange, un croissant, un morceau de fromage?...

Il a tout dans son sac...

— L'orange suffira. Merci.

... et plus encore: des vêtements, une brosse à dents, un peigne...

— Pars-tu en voyage?

— Non, mais je passe mon temps à faire la navette entre l'appartement de mon père et celui de ma mère, alors je préfère traîner l'essentiel avec moi.

— Tu es toujours prêt à partir?

— C'est ça.

Pour meubler la conversation, je lui offre de mon... de son... orange:

— Tu en veux?

— Je n'ai pas très faim...

Il s'assoit quand même près de moi et en prend un quartier pour se donner une contenance.

À force d'essayer d'éviter de regarder le couple d'amoureux, on ne sait plus où regarder. J'ignore précisément pourquoi on se sent si mal à l'aise.

Heureusement qu'on peut se rabattre sur l'orange. Je n'ai jamais vu une orange prendre autant de place entre deux personnes.

Une fois qu'on a fini de la manger, on ne sait plus trop quoi faire de nos mains, de nos yeux, de notre bouche.

— Bon bien... j'y vais... balbutie finalement Bruno après un moment qui me
semble avoir duré une éternité.

Je ne peux retenir un:

— Maintenant que tu es là, tu pourrais
peut-être rester quelques minutes.

Je l'aurais probablement demandé à un
chien, à un chat, à un écureuil, à n'importe
qui, juste pour ne pas rester seule.

— Je peux bien... je n'ai pas grand-
chose d'autre à faire, marmonne-t-il en se
rassoyant à côté de moi.

Il me regarde à la dérobée, à travers son
rideau de cheveux noirs, en rougissant,
comme si je venais de lui demander de
m'embrasser. Pour qui se prend-il?!

Qu'est-ce que j'imagine là!? Pour qui je
me prends? Aucun danger qu'un beau gars
comme lui s'intéresse à une fille aussi
moche que moi. Alors, j'ajoute bêtement:

— Je suppose que c'est mieux que rien.

C'est maintenant la mer que je vois
s'agiter dans ses yeux:

— Veux-tu bien me dire ce que tu as,
Léa Tremble?

J'essaie de limiter les dégâts:

— Je ne suis pas très en forme aujourd'hui...

Ce n'est pas suffisant et il ajoute:

— Pas juste aujourd'hui...

Je m'emporte à mon tour:

— Tu n'as pas de leçons à me faire, Bruno Yves! Toi, tu passes ton temps à donner des coups de poing dans ta case.

Il me regarde, incrédule:

— Moi, je donne des coups de poing dans ma case?!

— Matin et soir, depuis le début de l'année...

Il serre le poing.

— Regarde-toi, Bruno Yves, tu as l'air d'une bombe à retardement.

Il desserre le poing et reste là sans un mot. «Là», c'est une façon de parler, car il semble soudain tellement loin.

Je ne comprends pas ce que j'ai pu dire de si blessant. C'est lui qui a commencé, après tout.

Brisant finalement un silence à couper au couteau, il entreprend de ramasser ses affaires. J'aperçois alors un vieux calepin noir et je le subtilise:

— C'est quoi ça?

— ... mon journal. Rends-le moi!

Je résiste un moment, pour le taquiner:

— Tu fais un journal!?

— Oui! Redonne-le moi!

— Non!

Il en tombe bientôt une photo. Une photo de lui avec un autre gars devant leur case.

— C'est qui, l'autre gars?

— Un ami, me répond-il sur le ton de quelqu'un pressé de couper court à la conversation. Donne-moi ça! ajoute-t-il péremptoirement.

J'y consens en ajoutant, sans savoir que j'avance sur un terrain miné:

— Il ressemble au gars de l'école qui s'est suicidé au début de l'année.

— C'est lui! avoue-t-il, en remettant furtivement la photo dans le calepin.

— C'était ton ami?!

Il crispe les mâchoires. Son corps se raidit. On le dirait sur le point d'exploser.

J'essaie d'imaginer ce qu'il peut ressentir... Comment je me sentirais si quelqu'un de proche mourait...? Je revois tout à coup Sylvie-Anne sur son lit d'hôpital. Un immense flot d'affection m'envahit. Aussitôt suivi par un déferlement de révolte à la pensée qu'elle puisse... Ce n'est pas la peine de venir au monde si c'est pour souffrir autant. Tu parles d'une vie!

— Je préfère ne pas en parler, laisse échapper Bruno, la gorge serrée.

Il rejette ses cheveux en arrière d'un geste énergique, croyant peut-être éloigner du même coup le nuage de souvenirs douloureux. Peine perdue! Je pressens une vague sur le point de déferler dans ses yeux couleur vert eau de mer.

Il ne va pas se mettre à pleurer!? Je ne sais jamais comment réagir dans ces moments-là.

Tout ce qui me vient à l'esprit, c'est une phrase de salon mortuaire:

— Je suis désolée...

Il a l'air dévasté. J'ai l'impression qu'un ouragan vient de s'abattre sur lui.

Il baisse la tête, se retranchant derrière ses cheveux, mais j'ai le temps d'apercevoir son menton agité de tremblements incontrôlables. Exactement comme moi, quand je me retiens pour ne pas fondre en larmes.

J'ai juste envie de le toucher. J'avance ma main vers la sienne, mais au dernier moment, je la retire, espérant qu'il ne m'a pas vue.

Il m'a vue:

— Fais attention, je suis «une bombe à

retardement». Je peux exploser n'importe quand, me dit-il alors d'une voix se voulant blagueuse, mais trahissant toute sa vulnérabilité.

C'est moi qui explose dans un fou rire d'enfant de dix ans incapable de s'arrêter.

— Pourquoi ris-tu?! demande-t-il, dépassé par l'ampleur de ma réaction.

Je me surprends à répéter la vieille farce d'Yvann:

— Je ne ris pas, je me fais sécher les dents.

Je n'aurais jamais cru que moi, Léa Tremble, je pouvais être aussi niaiseuse!

Il s'esclaffe et, dans une surenchère de farces plates, il enchaîne avec:

— Je ne pensais pas que tu en avais.

J'ajoute, sur le même ton:

— Moi non plus!

Ça fait longtemps que je n'ai pas ri autant. J'en ai les larmes aux yeux. Il faut croire que tout ce que je fais est assaisonné de larmes, ces derniers temps. Mais je préfère celles-ci aux autres et je m'y complais avec délectation.

Plus je ris, plus il rit. Plus il rit, plus je ris. Au point où je ne vois bientôt plus que ça, les dents de Bruno, si petites et si juteuses que j'ai juste envie d'y goûter. Je n'arrive pas à en détacher les yeux.

J'ai une envie folle de m'avancer et de coller mes lèvres aux siennes. Ce que je n'ai jamais été tentée de faire avec un autre.

Je me sens devenir toute chaude. Le rire fond peu à peu sur mes lèvres.

Je me rapproche de lui sans me demander s'il a mauvaise haleine ou depuis combien de temps il ne s'est pas brossé les dents, comme les quelques fois où je me suis laissé embrasser par un garçon.

Le rire s'évanouit bientôt sur la bouche de Bruno. Il ne recule pas, ne bouge pas, rien. Il respire juste un peu plus vite. Moi aussi, d'ailleurs.

Je me faufile, le coeur en émoi, derrière sa mèche de cheveux. Il s'empresse de la repousser. Il sent l'orange; moi aussi, probablement. Et j'appuie doucement mes lèvres sur les siennes.

Le temps s'arrête.

Il n'essaie pas de m'embrasser comme au cinéma. Moi non plus. On reste seulement là, je ne sais combien de temps, les lèvres collées comme avec de la Krazy Glue.

C'est frais... c'est chaud... c'est humide... c'cst excitant.

Je sens un étrange serrement au bas de mon ventre. Je n'ai plus qu'un désir, me jeter dans ses bras... Aussitôt contrecarré par une peur folle de tomber dans le vide si je le fais. J'ai l'impression d'être sur un bateau sans gouvernail en plein milieu de l'océan et j'ai peur d'être engloutie dans la mer.

J'entends alors des jeunes crier, en pouffant de rire:

— C'est ça, les amoureux, embrassez-vous!...

Je me rends compte que le couple de tout à l'heure a disparu et que c'est à nous que les enfants s'adressent.

— Mieux que ça!... s'écrie l'un.

— Ils ne s'embrassent pas, ils s'échangent leurs gommes, le cave, lance un autre.

— Ouache! ajoute un troisième.

Et ils s'éloignent en se tordant de rire.

Je réalise alors dans quel pétrin je viens de me fourrer. Bruno sera le premier à se vanter de ce qui s'est passé, à l'école, lundi matin. Et tout le monde se moquera de moi.

Mes lèvres se mettent à trembler et je m'éloigne d'un coup sec, prise de panique.

— Je suppose que tu vas te vanter à tout le monde de m'avoir embrassée!

Son regard se fige.

— Hein?... Quoi?... bafouille-t-il.

J'imagine surtout la réaction d'Yvann et de Maurice. Ils en ont jusqu'à la fin de l'année à faire des gorges chaudes de ce potin-là.

— C'est toujours la même histoire avec vous, les gars, que je lui dis en me levant.

— Premièrement je ne suis pas «les gars», poursuit Bruno. Et deuxièmement, je te ferai remarquer que c'est toi qui m'as embrassé.

— Tu vas répéter à qui veut l'entendre que je cours après toi, c'est ça, hein?!

Il pourrait se défendre un peu. Mais non, il reste assis, ne trouvant rien de mieux à faire que de me narguer:

— Pour courir, tu cours plus vite que moi, c'est sûr...

— Je ne te pardonnerai jamais, Bruno Yves! que je lui lance à la figure en mordant dans chacun de mes mots pour être sûre qu'il en saisit bien la portée.

— Hé... ne monte pas sur tes grands chevaux, Léa Tremble! C'est toujours la même histoire avec vous autres, les filles.

Il n'y a jamais moyen de...

— Je ne suis pas «les filles» et j'en ai plein le dos de «vous autres», les gars, si tu veux savoir, Bruno Yves!

Et je déguerpis sans lui laisser le temps d'ajouter quoi que ce soit. Pour une fois que j'ai le dernier mot! C'est même tout ce qui me reste.

Chapitre 5

Papa, viens chercher ta fille!

Il me semble les entendre demain à l'école.

J'ai beau me dire: il peut bien prétendre que je cours après lui, Bruno Yves, tout le monde se rendra vite compte que ce n'est pas vrai. En attendant, je me rabattrai sur mon walkman et je ferai celle qui n'est pas là, comme d'habitude. Ça me changera d'être le centre d'intérêt, pour une fois.

Mais j'ai un trac fou.

Veux-tu bien me dire ce qui m'a pris?!

Quand je pense que c'est moi qui l'ai embrassé. Lui n'a pas bougé d'un poil. Je m'en veux tellement! Chose certaine, on ne m'y reprendra plus.

Je ralentis mon pas jusqu'au chemin qui mène au bas de la montagne, me raccrochant au faible espoir que Bruno cherchera à me rattraper pour me rassurer. Sait-on jamais... Un miracle est si vite arrivé... dirait mon père.

Pas de danger que ça m'arrive. Depuis quelque temps, ma vie n'est qu'un défilé sans fin d'espoirs déçus.

J'entreprends finalement la descente de la montagne, espérant retrouver bientôt cette merveilleuse sensation de flotter dans un air où personne ne peut m'atteindre.

Le truc, c'est de ne penser à rien et de se faire si léger qu'on se confond avec l'air. Et alors on est bien, car on ne sent plus rien. Mais j'ai du mal à faire place nette dans ma tête.

Avant, je courais avec mon père... J'aime tellement me dépenser physiquement. Et puis je voulais tant lui montrer que ce n'était pas parce que j'étais une fille...

Mon frère Max n'a jamais été très sportif, ainsi ces moments de course avec mon père n'appartenaient qu'à moi.

Je l'ai longtemps accompagné à bicyclette. Et peu à peu, j'ai été capable de le suivre à pied. Il y a quelques années, j'ai même couru le dernier kilomètre du marathon avec lui. J'en garde précieusement la photo, prise au fil d'arrivée, en évidence sur ma table de travail.

Je nous revois à la montagne. Il courait plus vite que moi, c'est sûr. Je le suivais des yeux, le trouvant si fort. Et tout en admirant le jeu de ses muscles, je me disais qu'un jour je le rattraperais.

Il a finalement lâché la course pour le massage; je ne pouvais quand même pas le suivre sur la table. Plus tard, il s'est tourné vers le yoga. Depuis, plus rien. Je me demande alors pourquoi il a toujours l'air si essoufflé...

Ce que je préférais entre tout, c'étaient ces moments où on reprenait notre souffle, toujours au même endroit. La magie en est maintenant brisée à jamais à cause de ce qui s'y est passé, avec Bruno. Je lui en veux tellement!

Mon père me précédait chaque fois. À bout de souffle, je finissais par le rejoindre.

Au début, il se cachait derrière un arbre. Alors, je tournais en rond, perplexe, ne sachant trop si je devais abandonner là ma bicyclette et partir à sa recherche. Il me faisait patienter juste ce qu'il faut pour m'affoler et rendre son arrivée surprise encore plus spectaculaire.

— Un baiser ou la vie, lançait-il en me prenant à bras-le-corps.

Je faisais semblant d'être plus outrée que je ne l'étais, pour le plaisir de me jeter sur lui à bras raccourcis. Et nous finissions par rouler par terre dans une suite de chatouillis, de culbutes et d'embrassades.

Mon père donnait les meilleurs baisers du monde. Mais j'ai vite été «trop vieille pour ces jeux-là».

Par la suite, je m'étendais sagement à ses côtés et, tout en reprenant mon souffle, je cherchais désespérément des sujets qui risquaient de l'intéresser ou des blagues qui le feraient éclater de son beau rire de contrebasse. Mais j'avais vite l'impression de ne pas être à la hauteur. Et papa prenait aussitôt le plancher, brillant, curieux de tout, et ayant immanquablement une réponse à chacune de mes questions.

Combien de fois lui ai-je demandé de me raconter sa rencontre avec maman. Et son étonnement quand elle l'avait abordé. Comment il s'était mis à bafouiller, incapable de mettre la moindre syllabe à la suite de l'autre. Sa façon bien à elle de persister. L'effort qu'il avait dû déployer pour accepter l'invitation malgré la nervosité et la rougeur qui avaient gagné son visage. Et le fou rire qui avait suivi.

— Elle savait ce qu'elle voulait, ta mère, concluait-il toujours avec admiration.

Et l'image de maman prenait toute la place dans son regard.

Maman, alors la plus belle et la plus désirable de toutes, avec son nuage de boucles rouge feu, son teint pâle parsemé d'étoiles de rousseur et ses yeux mordorés et chatoyants comme des billes au milieu de ses grands cils. Tout le portrait de Max.

Moi, je n'avais d'yeux que pour mon père.

— Elle te voulait, toi, m'empressais-je d'ajouter.

J'étais si heureuse que ma mère m'ait choisi ce père-là.

Et je rêvais d'être plus tard volontaire, organisée et belle comme ma mère... mais enthousiaste, rieuse et séduisante comme mon père.

Toutefois, l'ombre d'un doute menaçait immanquablement d'assombrir mon bonheur et je me hâtais de lui demander, la gorge serrée:

— Crois-tu que je serai belle, moi aussi?

— Un miracle est si vite arrivé, me répondait-il infailliblement, l'oeil coquin du magicien qui s'apprête à faire sortir un magnifique lapin du vulgaire chapeau que j'étais.

Il glissait alors dans mes cheveux sa grande main d'homme, carrée et rassurante:

— Tu as de beaux cheveux longs, si doux et si fins, ajoutait-il avec un baiser vite donné sur le front.

J'avais au moins ça...

La plupart du temps, c'est lui qui me les démêlait le soir avant d'aller au lit, maman étant souvent de garde à l'hôpital. Pas étonnant que j'aie toujours refusé de les faire couper par la suite.

Quand on revenait, dans l'euphorie de la descente, on se riait de tous et de tout. J'avais l'impression de survoler le monde, à l'ombre rassurante d'un géant merveilleux. J'étais pas mal au-dessus de mes affaires, à cette époque.

L'envie me prend d'aller le retrouver... Ah! et puis non... Qu'est-ce que j'irais faire là?

Il trouverait probablement le moyen de se défiler en alléguant que les filles, c'est trop compliqué...

Et le miracle ne s'est jamais produit. Le lapin tant attendu n'a jamais montré le bout du nez. Sans compter que je suis en sueur, ma queue de cheval pendant comme un paquet de cordes sur mon vieux coton ouaté.

J'imagine sa réaction, lui qui ne rate jamais une occasion de m'accueillir avec:

— Tu ne pourrais pas te coiffer un peu...? Je n'arrive pas à croire que tu n'aies pas autre chose à te mettre sur le dos... C'est nouveau, cette manie de te ronger les ongles? Regarde Isa, elle...

Quoi que je fasse, je perçois dans son regard le regret de ne pas avoir la fille superbe tant désirée. Ce n'est tout de même pas ma faute...

Parfois je rêve que je lui parle et qu'il me comprend.

Mais les rares fois qu'on a une conversation, je n'ai pas le courage de placer un mot. Alors, il en profite pour parler de lui, de l'année sabbatique qu'il prendra un jour et du roman qu'il écrira... Écrire un roman, franchement, à son âge?! Il n'arrête pas de répéter que:

— L'important, c'est d'être soi-même.

Qui ça? ai-je envie de demander. Il peut toujours parler, lui, il se cherche encore. Mon père est un éternel adolescent, comme le répète souvent grand-mamie.

On devrait pouvoir s'entendre, lui et moi, alors!?

Quand il se rappelle tout à coup que je suis là, c'est pour me poser la même et unique question:

— Et toi, Léa, comment vont tes études?

J'ai à peine le temps de lui répondre que je m'améliore lentement, mais sûrement... Ce n'est jamais assez. Évidemment, lui, il arrivait toujours premier, ainsi que la plupart des pères que je connais. C'est à croire qu'il n'y avait que des premiers de classe, dans ce temps-là.

— Quand on veut, on peut... s'empresse-t-il de proclamer, court-circuitant la moindre tentative de justification de ma part.

L'ai-je assez entendue, cette phrase passe-partout qui devrait selon lui ouvrir toutes les portes...

— «On veut» quoi, papa? Il faudrait d'abord que je le sache.

Invariablement, il enchaîne avec ses élèves qui ne fichent rien. Avec les jeunes d'aujourd'hui qui ont perdu toute motivation.

— Dans mon temps...

Généralement, là, je n'écoute plus. Il est tellement pris par son histoire qu'il ne s'en rend même pas compte.

Tout ce que je vois, en gros plan, c'est son visage qui ramollit en vieillissant et son crâne qui commence à se dégarnir. Je le trouve tellement vieux tout à coup.

Mais il a encore son regard bleu ciel qui me transporterait immédiatement dans les nuages s'il avait la présence de coeur de m'accepter telle que je suis.

Au pied de la montagne, je ralentis, ne sachant trop de quel côté aller. Je jette un coup d'oeil derrière moi, au cas où Bruno...

J'entends alors une voix:

— Hé! attends...

C'est lui?!

Je me tourne vers la voix, déjà à moitié soulagée. J'aperçois un homme de l'âge de mon père, laid et bedonnant, le sourire huileux lui dégoulinant à la commissure des lèvres:

— Où est-ce que tu cours comme ça, ma belle petite chatte, me lance-t-il aussitôt?

D'habitude, je fais semblant de ne pas avoir entendu ou je fixe l'horizon en rougissant, mais aujourd'hui, je me sens d'humeur à les abattre tous un à un.

— Sûrement pas après toi, mon vieux gros matou! que je lui réponds.

Et schlack, en plein double menton! Je suis fière de moi!

Je tombe rapidement de mon piédestal quand je reçois avec la violence d'un crachat:

— Hé! la jeune, tu n'es pas assez belle pour faire l'indépendante!

J'en ai le souffle coupé... et les jambes... et... Si je pouvais tomber raide morte, juste pour lui voir l'air. Mais il a déjà tourné les talons et poursuit sa route, bardé de graisse et de l'assurance tranquille que donne la bêtise.

Je ne sais pas ce qui me retient de lui sauter dans le dos, toutes griffes dehors, comme une chatte enragée, précisément. J'ai envie de hurler!

Papa, viens chercher ta fille!

Je file en vitesse vers le collège où mon

père enseigne. Il aura peut-être envie d'aller prendre une bouchée... Et puis, il y a un bon moment qu'il ne m'a pas raconté sa rencontre avec maman.

À la limite, je le supporterais ne parlant que de lui ou me faisant la morale. Je suis prête à m'envoyer tous ses vieux sermons usés aux mites. N'importe quoi... Et, sait-on jamais, je trouverai peut-être le courage de lui confier ce que j'ai sur le coeur...

Mais au fur et à mesure que j'approche, j'ai la sensation que je devrais rebrousser chemin.

Je m'arrête finalement à deux pas du collège et, prenant appui sur l'abribus, je reste là, perplexe, rongée par un doute indéfinissable.

Il y a deux vieux assis très près l'un de l'autre, sur le banc. Tranquilles et sereins, ils attendent sans bouger, sans se parler, rien.

Je me demande comment ils ont réussi à vivre aussi longtemps. L'un avec l'autre, en plus. Ils me font penser à deux vieux bonbons collés ensemble et oubliés au fond d'une poche. Et je les envie.

Je fais du surplace, jetant des coups d'oeil vers la porte d'entrée. J'y vais ou je n'y vais pas?

Ah! et puis une fille devrait avoir le droit d'aller voir son père sans se poser de questions!

Je me rends vite compte qu'une fille comme moi ne devrait jamais aller rendre visite à un père comme le mien, à l'improviste. Sous peine de ne jamais en revenir et d'en oublier entièrement ce qui s'est passé avec Bruno, avec Isa, avec Max et avec maman.

Je suis encore là, à mariner dans l'indétermination la plus complète, quand je le vois sortir, paré de ses plus beaux vêtements. Un jour de congé?!

Il porte la chemise bleue que je préfère parce qu'elle reprend la couleur de ses yeux, des bas assortis, et un pantalon léger qui lui donne une allure jeune et décontractée. Et il affiche un air rayonnant que je croyais mort et enterré depuis longtemps.

Mon réflexe est de me dissimuler derrière l'abribus. Heureusement! Je serais morte sur place s'il m'avait aperçue. Car surgit bientôt derrière lui la belle, et grande, et mince, et bien mise, et reluisante comme dans un magazine, Denise Beauséjour. Mon père l'entoure aussitôt de son bras.

Pourquoi pas? C'est un geste d'amitié comme un autre...

Quel mal y a-t-il à ça? Elle enseigne la même matière que lui, ils préparent leurs cours ensemble et maman la connaît. Elle est déjà venue à la maison quand j'étais petite. Je me souviens l'avoir suivie à la trace, ne pouvant me résoudre à quitter le sillage de son merveilleux parfum de fruits.

Qu'est-ce que j'ai à tergiverser? Je vais sortir de ma cachette et leur dire bonjour...

Elle vient de raconter quelque chose de drôle, car mon père pouffe de rire... et il niche sa tête dans le creux de son épaule. Elle lui glisse dans les cheveux une main aux ongles parfaitement manucurés et s'attarde...

Peut-on qualifier ce geste d'amicalement anodin?!

Mon coeur bat à tout rompre et j'ai les tempes près d'éclater. Je voudrais me retrouver à cent mètres sous terre.

Les questions s'enchaînent dans ma tête à un rythme infernal: Est-ce qu'ils sont?... Est-ce qu'ils ont?... Où?... Combien de fois? Depuis combien de temps?... Comment mon père peut-il continuer à dormir à

côté de maman, même si c'est à des kilomètres de distance?... Habiter avec elle,
même s'ils sont rarement ensemble?...
Manger à la même table, même s'ils n'ont
rien à se dire?

C'était donc ça, les silences, les ab-
sences, la distance...

Je vais fermer les yeux et lorsque je les
rouvrirai, tout aura disparu. Peine perdue!
Leurs rires complices résonnent dans mes
oreilles longtemps après qu'ils se sont éloi-
gnés.

Je sais maintenant après quoi court mon
père. Pas étonnant qu'il soit toujours aussi
essoufflé! Il peut bien passer son temps «à
préparer ses cours et à faire ses corrections
au collège».

Ce ne peut pas être vrai!? J'essaie de me
convaincre que «tout n'est que le fruit de
mon imagination débridée», comme dit
souvent mon frère. Mais sans succès!

Je les ai vus! De mes yeux vus! Et ça me
désespère.

Je me tourne alors vers le couple de
vieux, ne sachant trop ce que j'attends
d'eux. Ils ont disparu?! La découverte
de leur place vide m'achève. Je ne les
connaissais pas, mais la pensée que je ne

les reverrai probablement jamais finit de
me briser le coeur.

Chapitre 6

Un puits sans fond

Je me sauve comme une folle. C'est exactement ce que j'ai l'impression d'être en train de devenir.

M'enfuir! Pour ne jamais revenir. Si au moins je traînais toujours mon sac à dos comme Bruno... J'avais presque réussi à l'oublier, celui-là.

Pourquoi n'ai-je pas accepté l'argent que m'offrait ma mère, tout à l'heure, aussi?

Je me jette, tête première, dans une espèce de course à finir contre ma vie. Ne plus penser à rien. Courir, jusqu'au bout de mes forces et de mon souffle. Comme le soldat grec qui, porteur d'une missive, a parcouru un peu plus de 42 kilomètres, inventant ainsi le marathon sans le savoir, et qui est mort d'épuisement à son arrivée.

Pas de danger que ça m'arrive, je suis trop en forme. Et je n'ai, contrairement à lui, nul message important à livrer à qui que ce soit. Ma guerre n'intéresse personne.

Me voilà, encore une fois, sans savoir où aller. Où se réfugient donc ceux qui font des fugues? Les journaux n'en parlent jamais. Ça me fait penser à grand-mamie quand elle se demande, médusée, où vont les bas perdus dans le lavage!

Il y aurait grand-mamie...

Je ne peux quand même pas courir me jeter dans ses bras et lui révéler que mon père... son fils... a une blonde.

Grand-mamie comprend tout... mais pas ça.

Il me reste Isa... Si elle est rentrée... Je me tape un grand détour pour éviter de passer devant chez moi.

J'aperçois ses parents à l'extérieur. Jamais très loin l'un de l'autre, ces deux-là, de vrais enfants! Ils sont en train de travailler à leur parterre. Taille ici, redresse là, émonde ailleurs.

Le nôtre a l'air d'une forêt vierge à côté.

On ne parvient pas à se mettre d'accord sur le genre d'arbustes ou de fleurs à planter. Il faut croire que la seule chose sur laquelle on s'entend, c'est de ne s'occuper de rien et de tout laisser en friche.

J'essaie de prendre mon air le plus dégagé:

— Bonjour...

— Ah! bonjour, Léa... s'exclament-ils en chœur, me gratifiant de leur sourire du dimanche à la grande visite.

À tel point que, l'espace d'un instant, j'ai l'impression qu'il ne m'est pas adressé, mais à quelqu'un derrière moi.

— Isa est là?

— Non, pas encore, répond son père se confondant presque en excuses.

— Tu veux l'attendre? ajoute sa mère, empressée.

— Tu as faim? poursuit le père sur le même ton.

— J'ai des muffins tout chauds... propose l'autre.

— Tu n'as qu'à aller te servir... précise l'un.

— Avec du miel et un grand verre de lait, c'est délicieux... renchérit l'autre.

— Il y a de la compote à la rhubarbe de

notre jardin...

— ... ou si tu préfères...

Ils sont étourdissants de gentillesse et d'attention. C'est pareil avec Isa. Comment peut-elle supporter ça à longueur de journée?! Je parviens finalement à leur glisser entre les bras après avoir réussi à placer un:

— Je ne peux pas. Je suis trop pressée.

— Tu salueras tes parents de notre part, ajoutent-ils à l'unisson.

Quels parents? ai-je envie de m'écrier. Mais ce serait mettre le doigt dans l'engrenage de leur bienveillante et pesante sollicitude.

Où une fille de mon âge finit-elle invariablement par aboutir quand elle n'a pas un sou?! Chez ses parents.

La maison est dans le même état que lorsque je l'ai quittée ce matin. Ma mère ne reviendra pas avant une heure ou deux. Mon père non plus. S'il revient?!...

Quant à Max... Je monte à l'étage. En passant devant sa chambre, j'entends d'abord son petit rire pointu, à elle. Puis celui de mon frère fuser en cascade. Ils ont le culot de s'amuser pendant que mon univers s'écroule!?

Je ne peux m'empêcher de donner un coup de poing dans la porte. L'image de Bruno se défoulant sur sa case me traverse aussitôt l'esprit.

À mon grand étonnement, la porte n'est pas fermée à clé et elle s'ouvre brusquement. Je ne suis pas au bout de mes surprises, car je les aperçois tous les deux étendus, à moitié nus, sur le lit.

— Tu ne pourrais pas frapper avant d'entrer chez les gens?! s'exclame Max, tentant vainement de ramener une couverture sur eux.

— C'est vrai, ça... pépie l'oiselle effarouchée à côté de lui.

Je m'enfuis dans ma chambre, me promettant de ne plus jamais ouvrir une porte de ma vie, ni de regarder par la fenêtre, ni d'embrasser un garçon, ni de rendre visite à mon père à l'improviste, ni rien.

Je me roule en boule sous les couvertures et, rabattant mes cheveux sur mon visage, je me remets à sucer avidement mon pouce. C'est la deuxième fois aujourd'hui, moi qui ai eu tant de mal à me corriger.

J'enfouis l'autre main entre mes cuisses et je me laisse glisser au ralenti dans le puits sans fond de ma peine. Les images de ma journée défilent devant moi en accéléré comme autant de visions d'horreur. Et je sombre, bientôt submergée par les événements.

C'est mon frère qui me tire du néant, un peu plus tard, en grattant à ma porte et en me demandant, mine de rien... minou de rien, devrais-je dire... car je l'entends presque ronronner:

— Léa... tu n'aurais pas envie de manger un petit quelque chose, par hasard?...

Comme si quelqu'un en train de se noyer avait l'esprit à manger. La rancoeur me monte à la gorge:

— Je ne voudrais surtout pas déranger les amoureux.

Il se hérisse quelque peu...

— Arrête ça, Léa...

... pour se radoucir aussitôt:

— Isa est partie...

Un vrai modèle de calme, lui! Je me demande comment il fait? Moi, j'ai toujours l'impression d'être branchée sur un fil à haute tension.

— De toute façon, je n'ai pas faim, Max.

— Est-ce que je peux... entrer? me

demande mon frère sur le ton confiant de celui qui a tous les atouts dans sa manche.

— Non! que je lui réponds, bête, nette, sèche.

Il prend alors sa voix de charmeur de serpent et me susurre un:

— Je nous ai préparé des ravioli... Papa et maman vont rentrer plus tard...

S'il y a un plat auquel je ne peux résister d'habitude, c'est bien les ravioli. Je mollis un peu, mais pas assez pour accepter l'invitation. Même de l'eau ne passerait pas.

— Pas maintenant, Max.

— Je les laisserai sur le réchaud... Si jamais tu retrouves l'appétit....

S'il n'y avait que l'appétit de perdu...

— Léa?

— Oui...

— Pour aujourd'hui, je voulais te dire...

Je sens ses efforts de rapprochement, mais... il n'y a pas de place pour deux au fond de mon puits. Tout ce que je veux, c'est arrêter de penser!

— Une autre fois, Max.

— Bon... d'accord, concède-t-il à bout d'arguments.

Je l'entends s'éloigner à pas feutrés. Et

je m'anéantis de nouveau, le coeur le premier, dans le gouffre de mon désarroi.

C'est ma mère qui se pointe à l'entrée de ma chambre je ne sais combien de temps après. Il doit être assez tard, car je suis dans le noir. Elle ouvre la porte, m'éclaboussant du même coup d'un jet de lumière crue provenant du couloir.

— Je peux entrer, Léa? demande-t-elle.

Je n'ai pas le temps de sortir de ma torpeur et à peine celui de répondre non qu'elle est déjà à deux pas de moi.

— J'ai été retardée à l'hôpital...

Elle soupire et pose sur moi un regard dont j'ai du mal à saisir le sens. Elle m'a si peu regardée, ces derniers temps. Son visage m'apparaît plus défait que d'habitude. Dois-je y lire de la lassitude... de la pitié... de la compassion...? Ou les trois en même temps? Ça me rappelle soudain l'expression qu'elle avait cet après-midi en me parlant de Sylvie-Anne.

Sylvie-Anne?!

Je me redresse dans mon lit:

— C'est Sylvie-Anne?!

Mon coeur s'arrête:

— Elle n'est pas...?! Elle n'est pas...?!

Je ne peux me résoudre à terminer ma

phrase, comme si je préservais ainsi l'espoir, si mince soit-il, que Sylvie-Anne fût encore en vie.

— Non... Ne t'en fais pas, Léa, son état est stationnaire. Je garde espoir de la tirer de là.

Je crois que mon coeur ne se serait jamais remis à battre si Sylvie-Anne était morte.

— C'est que, figure-toi, j'ai été retenue à la salle d'op... poursuit ma mère.

Je me recouche en me bouchant les oreilles. Le reste de ce qu'elle a à me dire ne m'intéresse pas. L'intérêt que je porte à Sylvie-Anne ne l'autorise pas à se croire pardonnée de n'être jamais là et de toujours faire passer son métier avant moi.

Elle s'assoit sur le bord de mon lit. Elle empeste les médicaments.

— Écoute, Léa...

Je m'écarte d'elle:

— Je ne t'ai pas donné la permission d'entrer. Et tu sens l'hôpital à plein nez. Va-t'en, je t'en prie!

— Je n'ai pas eu le temps de prendre une douche. Je suis venue dès que j'ai pu, Léa, poursuit ma mère, choisissant de répondre seulement à ce qui fait son affaire.

Elle allume la lampe de chevet. Je l'éteins aussitôt, répliquant, enflammée:

— Tu n'es pas à la salle d'opération! Tu es dans ma chambre et je t'ai demandé de sortir. Je préfère être seule, puisque c'est ce que je suis, de toute manière.

Mon père passe la tête dans l'entre-bâillement de la porte. Il ne manquait plus que lui. Il fait un pas en avant, apparaissant plus grand que nature dans le faisceau de lumière venant du couloir.

— Mais... qu'est-ce qui se passe ici?! balbutie-t-il, l'air perdu d'un comédien qui viendrait de découvrir que le feu a pris dans le décor.

Ma mère essaie d'arroser l'incendie:

— Ce n'est pas grave, elle doit avoir ses règles.

Je suis dans tous mes états et la seule chose que ma mère trouve à dire, c'est que je dois avoir mes règles. Je suis en train de capoter et je dois avoir mes règles. C'est ce qu'on appelle jeter de l'huile sur le feu.

— As-tu mal au ventre? Veux-tu que je te prépare une bouillotte? J'ai rapporté un nouveau médicament très efficace contre la douleur, poursuit-elle, complètement en dehors de la voie.

Ma mère m'offre un analgésique, alors que j'ai rarement mal au ventre. Mais l'autre douleur, celle qui n'est pas physique, qui s'en occupe, hein?!

Mon père fait un pas en arrière et, la main sur la poignée de la porte, sort son classique:

— Je vous laisse avec vos histoires de femmes...

Le fantôme de Denise Beauséjour, tout en ongles et en sourires fielleux, traverse la chambre, laissant d'âcres relents de parfum.

J'ai juste envie de vomir à la figure de mon père ce que j'ai vu cet après-midi:

— Tu peux bien parler, toi...

Mon père fait un pas en avant et sort sa voix de séducteur:

— Où est donc passée ma petite fille chérie, la plus douce et la plus gentille?

Ça sonne tellement faux.

— Où est passé mon grand papa chéri?! que je lui renvoie sur le même ton.

L'envie me prend d'insinuer: «On sait bien où, toi et moi, n'est-ce pas, papa?...» Mais les mots s'enrayent dans ma gorge.

— Veux-tu me dire... ce que j'ai fait?!

balbutie mon père.

Je me le représente soudain avec Denise Beauséjour, dans un lit, comme Max et Isa tout à l'heure. Les scènes d'amour les plus osées que j'ai vues à la télé ou que j'ai imaginées s'enchaînent dans ma tête avec mon père et l'autre dans les rôles principaux. Ça me donne la nausée.

— Je te hais!!!

Il se tourne vers maman et tend le bras vers elle. S'il la touche, je lui saute au visage. Mais il s'arrête juste à temps et lui demande, l'air innocent:

— Qu'est-ce qui arrive à notre Léa? Je ne la reconnais plus...

— Il y a des périodes dans l'adolescence... commence par lui expliquer maman.

Puis se tournant vers moi et jouant celle qui sait tout, qui a tout vu et pour qui la compréhension n'a plus de secret:

— Ce n'est pas un âge facile, Léa.

— Je veux mourir...

— On a été jeunes, nous aussi, tu sais. Tu vas passer au travers... ose ajouter mon père.

Ça me désespère:

— Si c'est pour devenir aussi moche que vous, ça n'en vaut pas la peine, ne puis-je m'empêcher de répliquer, pleine de mépris.

Ma mère se penche vers moi pour me flatter le dos comme quand j'étais petite, mais au lieu de me réconforter, elle m'irrite davantage et je la repousse brusquement.

Elle n'est pas du genre à se laisser bousculer, ni à se laisser caresser, d'ailleurs. Alors, la réaction est instantanée:

— Pas de ça, je te prie, Léa! Veux-tu que je devienne aussi violente que toi? enchaîne-t-elle sans me quitter des yeux.

Je parviens tant bien que mal à soutenir son regard. J'ai déjà été très bonne à ce petit jeu-là:

— S'il faut que j'aille jusque-là pour que tu t'occupes de moi... lui dis-je, la gorge nouée.

Elle prend une grande inspiration et serre le poing. Je pense aussitôt à Bruno. Je sens un tremblement incontrôlable s'emparer de mon menton et je dois me résoudre à détourner la tête.

L'espace d'un instant, j'ai la sensation que plus personne ne respire dans la pièce. Surtout pas mon père, paralysé par le trac dans son halo de lumière.

Ma mère tente un ultime effort pour sauver la représentation ou, tout au moins, s'en tirer indemne:

— Qu'est-ce que je fais, Léa, sinon m'occuper de toi, en ce moment?

— C'est vrai... Ce que tu dis n'est pas très logique, Léa, bredouille mon père, se raccrochant à la moindre planche de salut.

Mais je ne lui laisse aucune chance:

— Parce que toi, tu es logique?! On voit où ça nous mène!

— Qu'est-ce que je peux faire pour toi, Léa? demande ma mère dans un soupir.

Je me sens tellement lasse, tout à coup:

— Rien... Il n'y a plus rien à faire. C'est trop tard.

— Moi, je le sais. On va tous les trois prendre une bouchée et, ensuite, on ira manger une bonne crème glacée à la tire d'érable; ça nous changera les idées, lance mon père en essayant d'adopter un ton badin.

J'ignore ce qui me retient de lui cracher tout ce que je sais au visage et devant maman en plus.

— Je veux dormir, dis-je, pour me débarrasser d'eux.

— Ça te fera du bien. Une bonne nuit de sommeil répare tout, conclut ma mère, soulagée de pouvoir enfin tabler sur quelque chose.

Elle amorce le geste de me border, mais retire aussitôt sa main, comme si elle venait d'apercevoir dans mes yeux l'écriteau: «Attention, chien méchant!»

Elle s'éloigne enfin de mon lit sur la pointe des pieds. Tout ce temps-là, mon père n'a pas quitté l'embrasure de la porte. Un pas en avant, un pas en arrière... Le lâche!

Je l'entends dire à ma mère, comme si de rien n'était, en refermant ma porte:

— Je meurs de faim, moi.

— Il reste des ravioli que Max a préparés, répond ma mère sur le même ton.

Et ils descendent à la cuisine. Comment vont-ils pouvoir avaler quoi que ce soit?! Je suis en train de mourir et ils ne pensent qu'à manger.

Je me lève d'un bond et je vais d'un mur à l'autre, sans but. Une vraie lionne en cage! Oublier ça!

Quand j'y parviens, c'est Bruno qui me revient à l'esprit. Je m'imagine demain la risée de la classe.

Qu'est-ce que j'ai fait pour que tout ça m'arrive?! N'ai-je pas aussi droit à ma part de bonheur?...

Quand j'étais petite, je m'inventais des histoires ou je me racontais des peurs, mais ça ne prend plus. Ou je me faisais des grimaces dans le miroir. Maintenant, je dois ramasser tout mon courage juste pour m'y arrêter et oser me regarder...

Je libère mes cheveux de leur élastique et j'entreprends de me recoiffer. Mais c'est peine perdue! J'ai beau avoir de magnifiques cheveux longs, c'est tout ce que j'ai et que j'aurai jamais.

Je m'entête à fixer mon image dans le miroir, me retenant à deux mains pour ne pas me sauter au visage.

Et si je me coupais une frange?...

Quand je veux provoquer mon père, je parle de me faire couper les cheveux. Faut lui voir l'air. Je viendrais de lui avouer que j'ai couché avec un garçon qu'il ne paraîtrait pas plus affolé.

Et moi, comment suis-je censée réagir quand je le surprends avec une autre femme que maman?

Enfant, Max me disait souvent en enfouissant sa tête dans mes cheveux que, lorsqu'il serait grand, il se marierait avec moi, parce que j'avais les plus beaux cheveux du monde entier. Maintenant, je n'aurais plus un seul poil sur la tête, qu'il ne s'en apercevrait même pas.

Une frange... c'est une bonne idée! Ça me changerait.

Je pourrais aussi raccourcir les côtés...

Je me mets à couper une mèche ici, une mèche là, en me répétant:

— Ça suffit, Léa, tu vas tout gaspiller!

J'arrête pendant qu'il est encore temps. Je dépose les ciseaux sur la commode. J'attache de nouveau mes cheveux, dissimulant ainsi les quelques accrocs.

Je m'assois sur le lit, essayant de détacher mes yeux des ciseaux de malheur. Mais mon regard tombe sur la photo de mon père et moi finissant le marathon, en évidence sur ma table de travail.

Je m'empresse d'aller la rabattre face contre terre. J'insère une cassette dans mon walkman, je me réfugie entre mes écouteurs et je monte le volume à tue-tête.

Mais le coeur, lui? Comment l'empêcher de battre à tout rompre?! Impossible de monter le volume à tue-coeur!

J'arrache les écouteurs et je m'élance vers les ciseaux. J'y glisse le pouce et l'index en tremblant. Je me regarde dans le miroir avec un air de défi. Comme si ce n'était pas moi. Comme si j'étais ma pire ennemie. Je coince ma queue de cheval entre les lames des ciseaux...

— Non! Léa. Ne fais pas ça!

Et je donne un coup sec au ras de l'élastique. Mais elle résiste, coriace, presque vivante, et je dois m'y reprendre à plusieurs fois pour l'achever.

Je reste un moment, hébétée, mon grand corps de cheveux décapité gisant dans ma main. Des mèches de longueurs différentes s'affalent peu à peu autour de ma tête.

Je me mets alors à couper dans ce qui reste n'importe comment et avec rage. Et j'éclate en sanglots sans plus pouvoir m'arrêter.

Je me jette sur mon lit comme un vieux kleenex et je pleure toutes les larmes de mon corps jusqu'à ce que le sommeil m'emporte.

Chapitre 7

Le tunnel de lumière

Le lendemain matin, je me réveille, si on peut appeler ça se réveiller, avec l'impression d'être dans le coma. Un tunnel de lumière blanche et éblouissante s'ouvre devant moi et m'attire vers le ciel tel un aimant.

C'est un rêve ou quoi!? Je me pince. Ce n'est pas un rêve. Et je baigne dans mon sang?!

Je songe aussitôt au couloir de lumière qu'on est censés traverser juste avant la mort, si l'on en croit les témoignages de ceux qui l'ont frôlée de près.

Si c'est ça mourir, il n'y a pas de quoi en faire un drame. Je connais des choses plus apeurantes. Vivre, entre autres. Là, au contraire, je flotte dans une espèce de calme après le drame.

Je ne tarde pas à me rendre compte que le rectangle lumineux encadrant mon lit n'est que l'effet du soleil entrant à flots dans ma chambre, le store de ma fenêtre étant resté ouvert, hier soir. Et, qu'ayant oublié de mettre une serviette hygiénique pour la nuit, ç'a débordé dans ma culotte, puis dans mon short, jusque sur les draps.

À n'en pas douter, je ne suis pas morte. Les règles ont quand même du bon! Une fois par mois, elles te rappellent que tu es vivante. Peut-être pas forte forte, mais vivante.

Que d'embarras, cependant!

Il faut rapidement rincer la culotte à l'eau froide afin qu'elle ne reste pas tachée. Souvent je jette la mienne à la poubelle, c'est plus expéditif. Quand je suis à court, j'en pique une paire à ma mère.

— Je me demande où se retrouvent toutes les petites culottes perdues dans le lavage?! s'interroge-t-elle, de temps à autre, perplexe.

À chacune ses préoccupations, il faut croire!

L'exploit, c'est d'atteindre la salle de bains sans laisser ma trace sur le plancher. J'ai la démarche plutôt bancale avec l'épaisseur de mouchoirs de papier que j'essaie de maintenir entre mes cuisses.

Tout le monde est debout, heureusement! J'entends même les bruits du petit déjeuner dans la cuisine. Je peux donc me faufiler, ni vue ni connue. Et puis au diable le short, à la poubelle, lui aussi!

Pour les draps, c'est plus embêtant!! Mais c'est mardi aujourd'hui, l'homme de ménage s'en occupera.

J'ai une faim de loup. J'enfile le premier pantalon qui me tombe sous la main. J'éprouve une étrange sensation de légèreté. Je n'ai pourtant pas maigri...

Je décide de garder mon vieux coton ouaté gris, même si mes parents détestent que je le porte pour aller à l'école. Avec mes souliers de course en plus, le tableau est parfait.

J'enfonce dans mon sac une provision de tampons en m'assurant de bien les coincer sous les livres et les cahiers de notes. Je n'ai aucune envie qu'ils se répandent par terre au beau milieu d'une salle de cours.

J'ai alors le réflexe de chercher un élastique pour mes cheveux. C'est là que j'entr'aperçois une tête dans le miroir. Ma tête?! Ou ce qu'il en reste... Je l'avais oubliée, celle-là. Je pouvais bien me sentir légère...

Je revois en accéléré ma journée d'hier... Et les ciseaux sur la commode... Et les cheveux par terre.

Je m'empresse de ramasser les cadavres et de les jeter à la poubelle. Comme si le fait d'éliminer toute trace incriminante pouvait effacer le crime. Mais le miroir me renvoie la même image de moi... qui n'est pas moi en même temps. Avec une pelure en moins, on dirait.

Je me sens plus nue que nue, tout à coup. Qu'est-ce que mes parents, plus particulièrement mon père, vont dire? Vite un foulard, un bandeau, n'importe quoi pour cacher le désastre.

Je devrais avoir l'air d'une actrice de cinéma avec mon turban. Je ressemble plutôt à... à Sylvie-Anne, les joues creuses et les yeux vitreux en moins. Son visage se superpose au mien dans le miroir. J'ai juste envie de nous prendre toutes les deux dans mes bras. «Ne lâche pas, Sylvie-Anne. Je t'en prie, ne lâche pas!»

Je descends à la cuisine avec l'aisance d'une momie. J'ai toujours eu horreur des chapeaux. Quand j'étais petite, dès qu'on m'en mettait un, je cherchais aussitôt à m'en débarrasser, même par les plus grands froids.

Juste avant d'entrer, n'y tenant plus, je retire le bandeau. Advienne que pourra!

Il faut voir le visage de mes parents lorsqu'ils m'aperçoivent. Je n'ai jamais eu autant d'attention de toute ma vie.

Mon père s'étouffe avec son morceau de pain. Ma mère se retient à son bras pour ne pas se noyer dans son café:

— Oh...?!

Je regarde la main de ma mère sur le bras de mon père. Comment peut-il?!... Si elle savait qu'il n'est qu'une barque pleine de trous... Passons!

Impossible de m'asseoir à la même table qu'eux ou de croiser leurs regards affolés sans risquer que le ciel nous tombe sur la tête. Alors, je me concentre sur le plateau de fruits au centre de la table.

Je devrais peut-être me sentir coupable, avoir honte ou je ne sais trop. J'ai plutôt la sensation d'être dans le tunnel, non pas de la mort, mais de la course, au moment où j'ai pris ma vitesse de croisière et que rien ni personne ne peut me rattraper.

Je choisis... une pomme. Et je la glisse dans mon sac avec une espèce d'assurance que je ne me connaissais pas.

Je crois discerner sur le visage de mon frère son expression moqueuse d'enfant, alors qu'en cachette et juste avant le repas, on venait de manger le reste d'une boîte de biscuits au chocolat.

Je décide d'emporter quelques tranches de pain et un morceau de fromage, en guise de petit déjeuner. Mais le bruit du couteau au contact du pain se détache à un point tel dans l'épais silence que je m'arrête à la première tranche.

J'attrape une orange et je quitte la maison en me disant que si j'ai faim dans la journée, je pourrai toujours m'adresser à Bruno... Je m'empresse de chasser cette idée-là de mon esprit aussi vite qu'elle est venue. Moi, demander quelque chose à Bruno? Jamais!

Ah! oui, il y a l'école... Je ne suis pas au bout de mes peines. Je n'irai pas, c'est tout.

Mon frère s'élance aussitôt à ma poursuite:

— Léa, attends-moi...

Il fallait qu'Isa choisisse ce moment-là pour sortir de chez elle. Je me prépare à quelque remarque désobligeante sur mes cheveux, mais elle n'a d'yeux que pour mon frère. J'aurais dû m'en douter.

— Isa, on se retrouve à l'entrée de la caf à midi, d'accord? Il faut que je parle à ma soeur. Je t'expliquerai, lui murmure Max.

Elle jette à mon frère le regard déçu mais entendu de la fille qui comprend tout. Elle ne comprend rien du tout. Je le sais, je la connais.

— D'accord... répond-elle, résignée.

Elle emprunte le raccourci habituel, alors que nous prenons le chemin le plus long.

— Tu ne lui expliqueras rien, dis-je à mon frère, des velléités de dispute dans la voix.

— Léa, je t'en prie, ne recommence pas...

— Pas moyen d'être tranquilles deux minutes avec elle dans les parages...

— Tu lui en veux, rétorque mon frère, parce qu'elle n'est pas toujours de ton avis.

Touchée! J'écarte rapidement la possibilité d'argumenter pour la forme, car j'ai mieux:

— Toi, tu l'aimes parce qu'elle est «toujours de ton avis».

Touché, mon frère ne trouve rien à répondre. Je pourrais retourner le fer dans la plaie... mais bof!

Je mords dans mon pain à belles dents. Il fait un temps radieux de septembre. Et on dirait que le moteur de ma colère refuse de démarrer, ce matin. Je suis plutôt d'humeur à me balader tranquillement à pied.

— En passant, Max, qu'est-ce que tu me voulais?

— Euh!... rien de spécial, juste parler...

J'ai le sentiment qu'il me cache quelque chose... Mais il ne me laisse pas le temps de m'y attarder.

— C'est drôle, tes cheveux... poursuit-il avec son sourire malicieux de mangeur de biscuits au chocolat.

Le mien se situerait plutôt entre la figue et le raisin:

— Maintenant, j'ai l'air de ce que je suis, un vrai désastre!

— Un beau... désastre, précise mon frère. Je peux t'ébouriffer maintenant, enchaîne-t-il en me passant la main dans les cheveux.

Ça me va droit au coeur. Je retiens un moment sa main entre ma tête et le creux de mon épaule. Je me sens fondre à vue d'oeil. J'essaie de refréner le tremblement qui s'empare de mon menton.

— Tu disais toujours que lorsqu'on serait grands, tu te marierais avec moi, car j'avais les plus beaux cheveux du monde entier... Tu te souviens, Max?!

— Heureusement que tu les as coupés, réplique mon frère, moqueur, je ne serai pas obligé de tenir ma promesse... Ouf!

Je suis partagée entre l'envie de pleurer et celle d'éclater de rire, mais dans l'un ou l'autre cas, ce serait à chaudes larmes et mon puits est à sec. Max suit la scène, le regard en coin, me lisant dix sur dix.

On marche un moment sans un mot en se rapprochant, mine de rien, jusqu'à ce que nos bras se frôlent. Lui, raccourcissant légèrement ses enjambées, moi, allongeant quelque peu les miennes de façon à accorder nos pas.

— Max... est-ce que maman le sait pour Isa et toi?!

— Je pense que oui, parce que dernièrement, j'ai trouvé sur ma commode toutes les sortes de contraceptifs possibles et imaginables et des tonnes de brochures. Mais je n'ai aucune idée de la façon dont elle l'a appris.

— C'est tout!? Elle n'a rien dit?!

— C'est tout!

À bien y penser, ça ne me surprend pas d'elle. Et je ne peux m'empêcher de lancer:

— Ce n'est pas une mère que l'on a, c'est une pharmacie!

Mon frère prend aussitôt sa défense, comme d'habitude:

— Heureusement! On n'a pas été obligés, Isa et moi, de nous pointer dans une vraie pharmacie... On l'a trouvée drôlement chouette.

— Papa, lui, a dû être rassuré. Son fils est un véritable mâle, puisqu'il s'intéresse aux filles...

Il ne relève pas l'insinuation. On dirait parfois qu'on ne vit pas dans la même famille, lui et moi. Si on peut appeler ça une famille.

— Je ne sais pas... répond mon frère. Je n'en ai pas entendu parler. Il n'est peut-être pas au courant...

— Il faut croire qu'il a d'autres chats à

fouetter.

«D'autres chattes, pour être plus précise!» pourrais-je ajouter. Mais je préfère m'abstenir. Tant que je ne l'ai dit à personne, je garde l'espoir que ce ne soit pas vrai. Comme avec Sylvie-Anne... Sait-on jamais, je finirai peut-être par oublier ça!

Et puis une question me brûle les lèvres:

— Est-ce que tu...? Est-ce qu'Isa...? Est-ce qu'Isa et toi... vous avez fait... l'amour?

— Presque... me répond Max en s'écartant imperceptiblement de moi, aussi mal à l'aise qu'hier lorsque je l'ai surpris dans sa chambre avec Isa.

— «Presque»?!

— Ce n'est pas si simple, Léa... Je ne sais pas comment t'expliquer...

Je n'insiste pas. Car c'est moi qui ne saurais plus où me mettre s'il entrait dans les détails. Et ils peuvent bien faire ce qu'ils veulent... ou ce qu'ils peuvent... Ils ont le droit, eux! Ils sont libres... Ce n'est pas comme l'autre.

Pas moyen de l'oublier. Au contraire! J'ai beau essayer de me sauver, je suis sans cesse rattrapée au tournant.

— Max...

— Quoi?

— Hier, j'ai vu papa avec... avec une autre femme... Avec Denise Beauséjour, tu sais, la prof...

Il ne voit vraiment pas où je veux en venir.

— Et alors?

— Et alors, je pense qu'ils ont... qu'ils sont... amants.

— Qu'est-ce que tu as imaginé là! répond mon frère comme si j'étais encore en train de me raconter des peurs.

J'insiste:

— C'est la vérité!

— Comment le sais-tu?! Qu'est-ce qui te fait dire ça?! poursuit-il, inébranlable.

— Je les ai vus, Max!

C'est à peine si je vois poindre l'ombre d'une apparence de fêlure dans sa certitude du contraire.

— Tu les as vus faire l'amour?!

— Oui... non... c'est-à-dire.... qu'ils sortaient du collège. Ils riaient... Papa avait son bras autour d'elle... Il a blotti sa tête dans le creux de son épaule... Elle lui a passé la main dans les cheveux...

Mon frère a l'air de trouver ça tout à fait normal:

— Et puis?!

Je n'en reviens pas:

— C'est tout! C'est bien assez!

— Ça ne veut rien dire, Léa! Ils se connaissent depuis longtemps, ils enseignent la même matière... Ils préparent leurs cours ensemble, objecte-t-il avec entêtement.

— Raison de plus, Max. De toute façon, j'en suis certaine. Je le sens profondément.

Ce qui est pour moi l'argument de poids est aussitôt balayé du revers de la main par mon frère:

— Je dirais plutôt que tu fabules «profondément». Tout est le fruit de ton imagination débridée. Tu le sens, tu le sens... Sers-toi de ta tête un peu...

C'est à mon tour de m'écarter de lui. J'ai peut-être beaucoup d'imagination, mais lui n'en a aucune.

— Tu t'en fais pour rien, petite soeur. Denise Beauséjour est une amie de longue date de papa. C'est normal qu'ils aient entre eux des gestes familiers. Il n'y a rien de plus.

— Comment peux-tu en être sûr?

— Je le sais, c'est tout!

Ce que je donnerais pour être aussi bouchée que lui, parfois!

— Tu le sais... Tu le sais... Si tu te servais de ton intuition, toi, de temps en temps. Tu ne peux pas nier que ça ne marche pas très fort entre nos parents en ce moment, Max...

— Ils vivent un petit creux. C'est normal après tant d'années ensemble. Ils ne peuvent pas être en amour comme aux premiers jours. Ça va s'arranger, tu verras. Tout finit toujours par s'arranger.

Il a tellement peur des problèmes qu'il réduit le moindre doute à sa plus simple expression.

— Et si c'était vrai, Max!? Et s'ils se séparaient?! Et s'ils passaient leur temps à s'engueuler au téléphone comme les parents d'Élodie?! Et si nous étions obligés d'aller témoigner en cour...? Et de faire la navette entre leurs appartements respectifs...? Et de traîner en permanence nos sacs à dos comme... quelqu'un qu'on connaît...?

On dirait que je viens de lui raconter l'épisode le plus ennuyeux du plus insipide des téléfeuilletons.

— Tu ne réponds rien?! Ça te laisse indifférent, bien sûr?!... Tout coule sur toi, comme sur le dos d'un canard...

— Que veux-tu que je te réponde?!
Tu éprouves un malin plaisir à faire des
drames avec tout.

— Ce n'est pas en refusant de les voir
venir que tu vas les éviter! Qu'est-ce qu'on
ferait si ça nous arrivait, hein, Max?

— Je ne sais pas... Ça me semble tellement improbable. En attendant, j'ai autre
chose en tête, conclut mon frère.

— Ou plutôt quelqu'un d'autre.... Et
moi, là-dedans?!... J'ai qui, moi, Max?! Au
moins avant, je t'avais, toi.

— Tu m'as encore, répond-il en se rapprochant.

— Mais tu préfères être avec Isa, c'est
ça? Tu te fous de moi, maintenant? ne
puis-je m'empêcher de lui demander, le
coeur serré.

— ... Oui!... Non!... me répond-il aussi
convaincu de l'un que de l'autre que j'en
reste bouche bée.

Si j'osais, j'appuierais ma tête sur son
épaule...

— Justement... Léa, je voulais te demander... ah et puis... non...

— Demande toujours, Max. On ne sait
jamais...

— ... Eh bien! tu ne changerais pas de...

de case avec moi...? Isa et moi, on aimerait partager la même.

— Pour que je me retrouve avec Bruno?!... Jamais!

Chapitre 8

Sauve qui peut l'amour

La première chose que je sais, je suis devant l'école.

Comme chaque jour, des grappes d'étudiants s'attardent dans les marches et sur le trottoir, attendant la dernière seconde pour pénétrer à l'intérieur.

Mon frère est accueilli comme le roi de la fête. C'est Max par-ci, Max par-là.

— À ce soir, Léa, laisse-t-il tomber pour la forme avant de disparaître.

— À ce soir...

Me voilà fin seule à proximité de la meute.

Il ne manque plus qu'Yvann, un des plus féroces, en paroles tout au moins. En parlant du loup, le voilà justement, suivi de son ombre, le gros Maurice. Il est trop tard pour faire demi-tour. Ça va être ma fête. Mais d'un tout autre genre.

Vite, mon walkman! Merde, je l'ai laissé dans ma chambre. Je parcours furtivement la foule à la recherche d'Isa... avec la crainte de tomber sur Bruno. Elle doit être déjà entrée. Je me blinde du mieux que je peux, prévoyant le pire.

Yvann me croise sans jeter le moindre regard sur moi. Bruno n'a sûrement pas eu l'occasion de lui faire son compte rendu. Je ne perds rien pour attendre.

Je comprends vite qu'Yvann a autre chose en tête. Il se dirige droit vers Élodie qui écoute Carla d'une oreille distraite. Car, retenant sa respiration pour faire ressortir ses seins, Élodie est occupée, comme d'habitude, à repérer d'éventuels admirateurs.

Yvann, qui n'en rate jamais une, lance, en passant devant elle, les yeux braqués sur ses seins:

— Wow! ils sont beaux ton chandail!

S'il ne l'a pas faite cent fois, cette blague-là, il ne l'a pas faite une fois. Il éclate alors d'un rire nerveux et Maurice, qui le suit à la trace, gratifie la victime d'une espèce de meuglement.

Mais Élodie n'a pas le temps de jouer les offusquées et Yvann encore moins celui d'ouvrir la bouche que Maurice l'empoigne par l'encolure de son t-shirt, lui faisant aussitôt ravaler le moindre début de l'ombre d'un rire.

— Hé! tu lui fiches la paix, oui ou non?!

Yvann n'en croit pas ses yeux.

— Wo, Maurice, qu'est-ce qui te prend...? articule-t-il péniblement, tellement surpris par la réaction de l'autre qu'il n'a pas la présence d'esprit d'essayer de se dégager.

— Laisse ma blonde tranquille! Compris!?

Yvann, incrédule, dévisage alternativement Maurice et Élodie. Cette dernière ne confirme ni n'infirme l'assertion de Maurice. Je ne serais pas étonnée qu'elle ne sache pas très bien où elle en est, changeant plus facilement de chum que de paire de bas. C'est à croire qu'elle a décidé de les passer tous l'un après l'autre, par ordre alphabétique, les cochant dès que c'est fait sur la liste d'élèves de l'école.

— Ta blonde?! C'est nouveau, ça?! s'exclame un Yvann des plus sceptiques.

— Depuis deux jours, si tu veux savoir, affirme Maurice comme s'il s'agissait d'un mois et que ça garantissait hors de tout doute la solidité du lien.

— Toi, le gros, tu as une blonde?! ironise Yvann.

Maurice frémit, piqué au vif. L'espace d'un instant, je le crois sur le point de se dégonfler. Yvann cherche, hystérique, le rire approbateur des quelques personnes qui se sont rapprochées. Mais il ne récolte que mépris ou indifférence.

Maurice, dans un revirement impressionnant, a tôt fait de recourir à tout ce qu'il a de muscles pour contre-attaquer:

— Si tu n'arrêtes pas, ce ne sont plus des boutons que tu vas avoir dans la face, mais des boutonnières!! halète Maurice, hors de lui.

Élodie assiste à la scène en invitée de marque du haut de sa loge... assiste à la corrida, devrais-je dire... Il faut les voir, Yvann, tout en nerfs et provocant, Maurice, furieux et ne misant que sur son poids.

— Décolle, l'épais, tu pues, lui lance un Yvann, pas vraiment sûr d'être à la hauteur, mais se croyant tenu de faire le brave devant les spectateurs qui s'agglutinent de plus en plus nombreux.

Maurice voit rouge et s'apprête à foncer sur Yvann et à l'achever:

— Fais ta prière, les boutons, parce que tu n'es pas mieux que mort.

C'est finalement Ti-Pitt qui s'interpose. On le soupçonne, j'ignore pourquoi, car personne ne l'a jamais vu, de cacher un couteau dans ses bottes et d'être capable de s'en servir. Ça lui confère un certain pouvoir. Mais on le fuit plus qu'on ne le craint, car on a l'impression de n'être à ses yeux qu'un ennemi potentiel.

De toute manière, la cloche sonne, annonçant le début des cours. Chacun conserve ainsi l'illusion de ne pas avoir perdu la face devant tout le monde.

Je me laisse porter à l'intérieur par le flot d'étudiants et je me retrouve devant ma case, sans que personne m'ait adressé la parole. Plus invisible que ça, tu n'es plus là pour le raconter.

À quoi est-ce que je m'attendais?! Je passais inaperçue les autres jours... Il faut croire que ce n'est pas une coupe de cheveux, aussi inhabituelle soit-elle, qui peut changer ça. Je dois avouer cependant que, comparée à d'autres, j'ai presque l'air de sortir de chez le coiffeur.

Isa est déjà là. Dès qu'elle m'aperçoit, elle pose sur moi ses grands yeux de vache qui regardent passer le train et bredouille:

— Qu'est-ce que tu as fait à tes cheveux?!...

Pendant que je cherche la réplique qui lui fera ravaler tous les wagons d'un coup sec, elle enchaîne avec:

— C'est super!

Ça me cloue le bec. Elle ne peut pas être sincère...

— Si c'est pour obtenir la case, ce n'est pas la peine, Isa. Parce que c'est non!

— Quelle case? fait-elle, surprise.

— C'était mon idée. Oublie ça, Léa, lance Max en passant derrière nous. À plus tard, Isa.

— À plus tard, Max!

Isa s'attarde, occupée à ranger je ne sais trop quoi dans sa case.

Je me rends alors compte que, tout ce temps-là, j'ai cherché à discerner, dans le tintamarre des portes de métal que l'on ouvre et que l'on claque, le bruit sec du coup de poing d'on sait qui dans la sienne.

Mais en vain. Il doit être absent. Ouf! une journée de répit.

Pour m'en assurer, je m'accroupis et, faisant semblant de rattacher mon soulier, je jette un coup d'oeil dans la rangée. J'ai aussitôt une vue en contre-plongée du sac à dos bien connu.

C'est à peine si j'ai le temps de détourner la tête que son propriétaire se retourne et se dirige vers moi. Espérons qu'il ne m'a pas vue le regarder. Il sera bientôt à ma hauteur. Maman!? Qu'est-ce que je fais s'il s'arrête et m'adresse la parole?

Mais il poursuit son chemin, comme si je n'existais pas, s'empressant de rejoindre Max. Il ne trouvera rien de mieux que de tout raconter à mon frère, j'en mettrais ma main au feu. Mais il n'ouvre pas la bouche, comme d'habitude, et c'est mon frère qui fait les frais de la conversation.

Qu'est-ce que je croyais?! Bruno n'en parlera à personne. Je ne suis pas assez importante à ses yeux. Je n'en vaux pas la peine.

Je reste seule avec Isa qui s'affaire toujours.

— Tu as bientôt fini, Isa?

— Eh bien... quoi?... balbutie-t-elle, se

méprenant sur le sens de ma question.

— «Eh bien...» ce n'est pas ton fort, le ménage, d'habitude.

Je sens que quelque chose lui brûle les lèvres... Tout comme moi, d'ailleurs. Finalement, je me jette à l'eau la première:

— Isa... je ne sais pas quoi te dire à propos d'hier...

J'ai le sentiment de lui enlever les mots de la bouche.

— Moi non plus, répond-elle dans un souffle.

— On ne dit rien, d'accord?

— D'accord, répète Isa, soulagée.

Et j'ai droit à son merveilleux sourire découvrant de belles dents blanches et toutes droites. J'essaie de le lui rendre tant bien que mal, mais ça me rappelle aussitôt ma canine rebelle qui, j'en ai bien peur, refusera toujours de rentrer dans le rang.

— C'est quoi ce matin? demande Isa à dix mille kilomètres de se douter à quel point je l'envie parfois.

— Sexo! L'appareil reproducteur de l'homme et de la femme que je lui réponds, ramenée du même coup à des préoccupations plus immédiates.

— Pas encore! proteste Isa. C'est la

troisième année qu'on nous rebat les oreilles avec ça.

— Et en coupe, ma vieille!! Un peu plus, ils vont nous demander de disséquer un pénis et un vagin en classe.

On s'assoit le plus loin possible au fond de la salle. La prof est déjà là, faisant semblant d'être cool, devant ses planches anatomiques.

Yvann et Maurice sont chacun à une extrémité de la classe. Yvann lance des coups d'oeil furieux à Maurice... Qui, lui, inonde Élodie de regards bêtement admiratifs... Qui, elle, lorgne partout ailleurs, sauf dans sa direction.

Des bribes de cours me parviennent de temps à autre et j'ai l'impression d'entendre les même mots répétés inlassablement:

— Pénis... Vagin... Pénis... Vagin...

Je suis en train de devenir allergique. Les seuls moments où la prof prononce le mot «amour», c'est dans l'expression «faire l'amour» qu'elle emploie de temps en temps pour paraître à la mode. Mais elle le dit avec un tel détachement qu'on se croirait dans un cours de chimie.

Je me demande si Élodie l'a déjà fait... Elle ne reste probablement pas assez longtemps avec le même gars pour ça. Yvann? Je suis à peu près certaine que non, malgré ce qu'il laisse souvent sous-entendre. Carla, j'en suis sûre. Il faut la voir chaque mois attendre ses règles dans la panique totale. Quant à Bruno... Je préfère ne pas y penser.

Si l'on en croit les journaux, on est censés le faire depuis l'âge de 12-13 ans. Moi, je gagerais mon coton ouaté que dans la classe, à part deux ou trois exceptions, personne n'est vraiment allé jusqu'au bout.

En ce qui me concerne, chaque fois que j'essaie d'imaginer que je pourrais... peut-être un jour... j'ai la sensation d'ouvrir une trappe sur le vide. Et je m'empresse de la refermer, ni vue ni connue.

À la fin du cours, la prof nous demande si on a des questions:

— N'importe quoi... Il ne faut surtout pas vous gêner. Je suis là pour ça.

Évidemment, personne n'en a. On l'a eu tellement de fois, ce cours-là, que même les bollés comme Jennifer et Fabien ont épuisé leur stock de questions. Ce n'est certainement pas moi qui briserai la glace. Je ne l'ai jamais fait. Et je n'ai pas l'intention de commencer aujourd'hui.

Mais la première chose que je sais, j'ai la main levée.

— Oui, Léa, tu as une question?

La classe au grand complet se retourne, comme si je venais d'atterrir en parachute. Et, aussi incroyable que ça puisse paraître, je m'entends dire:

— Euh! je voulais vous demander...

J'arrive difficilement à croire qu'une phrase comme celle-là soit en train de s'articuler dans ma tête. Encore moins de sortir de ma bouche:

— Euh!... aimez-vous ça, faire l'amour?

Je me serais mise flambant nue que je n'aurais pas eu plus de réaction. Tout le monde se met à siffler, à crier, à applaudir et à rire. La prof devient rouge comme une tomate. Elle ramasse ses affaires et sort de la classe en furie.

Me voilà avec une convocation au bureau du directeur qui me pend au bout du nez. Ma première...

En l'espace d'un instant, je suis devenue une vedette avec plein de monde autour de moi. Le temps s'arrête.

Un bref, très bref instant, comme une goutte d'eau dans la mer. Je ne peux pas me complaire longtemps dans ma gloire, car je dois bientôt me retirer aux toilettes, règles obligent. Lorsque je reviens, la mer s'est refermée et assiste, étale, à un autre cours.

Et je me retrouve encore une fois toute seule à la caf, à midi. Je cherche Max et Isa des yeux... Les voilà! Je décide de me joindre à eux, mais Bruno me devance de peu et s'installe à leur table.

Heureusement que j'ai apporté des fruits. Je grignote dehors en attendant qu'on soit assez nombreux pour une partie de foot.

Il fait tellement beau que je peux retirer mon coton ouaté et jouer en t-shirt. Je mets toute mon énergie à courir et à me dépenser sans compter. Ça me défoule. Et bientôt, j'oublie tout. Et je me sens bien...

Jusqu'à ce que je vois finalement sortir Bruno. Comment est-ce que je réagis s'il se joint à nous, comme ça lui arrive de temps en temps?! Ou il est dans mon équipe et je dois lui faire des passes... Ou il n'est pas dans mon équipe et je dois contrer ses passes...

Je n'ai pas l'occasion de tergiverser longtemps, car monsieur s'étend sur la pelouse, la tête sur son sac à dos, se foutant de tout le monde, comme d'habitude.

Pour qui se prend-il?

Non seulement je joue mal, mais je dois attendre au dernier moment pour récupérer mon coton ouaté, car monsieur s'est installé juste à côté.

En rentrant, j'aperçois Maurice, seul et la mine déconfite. Yvann a tôt fait de se joindre à lui, tout heureux d'avoir retrouvé son ombre et ne se gêne pas pour l'abreuver de ses remarques d'«expert en la matière»:

— Console-toi, Maurice... De toute manière, elle n'en valait pas la peine, ton Élodie!

Chapitre 9

Allô! c'est moi...

Quand je rentre à la maison, en fin de journée, il y a, bien sûr, un petit mot de maman qui nous est destiné, à Max et à moi. Je passe près de ne pas le lire, croyant y trouver le même message que d'habitude.

Mais oh! surprise! c'est pour nous annoncer que mon père et elle rentreront assez tôt «afin que nous puissions manger tous les quatre ensemble».

Je suis tellement sous le choc que je songe même à laver la vaisselle. Il faut en profiter pendant que ça passe. Peine perdue, l'homme de ménage s'en est déjà chargé. La maison est propre propre

propre.

Je ne sais trop que faire de mes dix doigts. Je pourrais peut-être changer de vêtements...

Irai-je jusqu'à revêtir le chemisier blanc à l'allure «jeune fille de bonne famille» que maman m'a offert à Noël et qui doit avoir conservé ses plis de vêtement neuf?...

Ce serait arborer le drapeau blanc indiquant à l'ennemi, non pas que je veux parlementer avec lui ou me rendre, mais que j'apprécierais une trêve.

Je n'ai pas encore pris de décision quand je trouve un billet plié en quatre dans la poche de mon coton ouaté. Je le lis comme dans un rêve ou un cauchemar, passant de l'un à l'autre à un rythme affolant:

Léa,
Je ne t'ai jamais rien demandé, surtout pas un baiser. Je suis donc prêt à te le rendre n'importe quand. Et qu'on n'en parle plus!
Bruno

En post-scriptum, il a inscrit ses deux numéros de téléphone.

Je n'en crois pas mes yeux!? Il a un de

ces culots, Bruno Yves... Pour qui me prend-il?! Ce n'est pas parce qu'il est le plus beau gars de l'école qu'il peut se croire tout permis...

J'ai beau relire le billet plusieurs fois, je n'arrive pas à comprendre ce qu'il me veut?! Ou ai-je peur de comprendre ce que moi, je ressens...?

Je ne peux m'empêcher de le revoir en plein soleil, sa mèche de cheveux noirs se balançant devant ses yeux vert eau de mer.

J'entends encore sa voix mal assurée: «... pour la farce plate d'Yvann, tout à l'heure, je voulais juste te dire que je n'étais pas d'accord...»

Je me remémore l'immense chagrin qui l'a secoué au souvenir de son copain suicidé...

Le fou rire dans lequel on est tout à coup tombés, la tête la première... Bientôt suivie du coeur... L'envie folle de me rapprocher... Le parfum d'orange... Mes lèvres sur les siennes... L'étrange serrement au bas de mon ventre, tout à coup.

Comme en ce moment, justement...

Et le désir de me jeter dans ses bras aussitôt contrecarré par la peur panique de tomber dans le vide si je m'y hasardais.

Exactement comme maintenant...

Et enfin ma crainte d'être l'objet de moquerie le lendemain à l'école. Crainte qui s'est finalement avérée non fondée, car personne ne l'a su.

Décidément, il ne fait rien comme les autres, Bruno Yves. Mais je n'arrive pas à croire qu'il me trouve à son goût. Qu'il éprouve quelque sentiment pour moi. De toute façon, je ne saurais pas quoi en faire. Un premier rôle dans un film cucul, très peu pour moi. Je préfère laisser ça à Isa.

Après avoir scruté et analysé chaque lettre de chacun des mots du message, je me jette sur le téléphone et je compose le premier numéro. Je regrette aussitôt mon geste.

J'entends, soulagée, le déclic d'un répondeur au bout du fil. Ce n'est pas la peine de me taper le message enregistré, je n'ai nullement l'intention de laisser mon nom. Ce n'est tout de même pas ma faute s'il y a un répondeur.

Mais il a laissé un deuxième numéro. Et je me sens obligée d'aller jusqu'au bout. Au bout de quoi? Je ne tiens pas plus qu'il ne faut à fouiller la question...

Je compose l'autre numéro en tremblant.

Ouf! c'est un répondeur, là aussi. J'aurai fait ce que j'ai pu.

Au moment de raccrocher, je discerne la voix tout essoufflée de Bruno, derrière celle de l'auteur du message, probablement son père.

— Allô!...

Je suis tentée, pendant que se déroule la fin de l'enregistrement, de remettre doucement le combiné en place, ni vue ni connue. Je ne sais pas ce qui me retient là, au bout du fil.

Je voudrais que le message se poursuive indéfiniment, mais je perçois bientôt clairement la voix de Bruno:

— Oui?

J'aurais dû préparer quelque chose, au lieu de me lancer dans le vide sans filet.

— Oui... répète-t-il. Il y a quelqu'un...?

Quelques secondes de silence de plus et il va raccrocher, et ce sera tant mieux.

J'amorce plusieurs fois le geste de le faire moi-même, me retenant au dernier moment. Qu'est-ce qui m'empêche de couper court à... à ce qui n'est même pas commencé?! Je vais et je viens autour de l'appareil tel un chien au bout d'une laisse.

Je repense à son mot. Je pourrais toujours lui répondre du tac au tac une phrase du genre: «Je t'appelle pour récupérer ce que je t'ai donné par erreur hier!»

Pourquoi pas?! Si je dois faire une folle de moi, autant y aller à fond. Mais au dernier moment, je foire... Je ne tiens que par un fil, c'est le cas de le dire.

— Il y a quelqu'un?! insiste-t-il, prêt à raccrocher.

J'ignore comment je réussis à articuler:

— Bruno... allô!... c'est moi... Léa...

Ma voix me revient en écho, répercutée par ma panique.

Bruno en perd complètement la sienne.

— ...

Je l'entends presque rougir derrière son voile de cheveux noirs. Je n'ai jamais été aussi gênée de ma vie. J'ai juste envie de me sauver. Je me surprends à dire d'une voix tremblotante:

— J'ai eu ton mot...

— Ah!... oublie ça, marmotte-t-il. J'ignore ce qui m'a pris...

— Moi non plus...

Je ne sais trop ce que j'allais ajouter, mais ce n'est, à coup sûr, pas ce qu'il comprend et je le sens monter sur ses grands chevaux.

— Ne monte pas sur tes grands chevaux, Léa Tremble, lance-t-il, lisant dans mes pensées.

— Toi même, Bruno Yves, ne puis-je m'empêcher de répliquer.

Je n'aurais jamais dû lui téléphoner. J'ai le don de me mettre les pieds dans les plats.

— Bon bien, salut... conclut-il sèchement.

— Attends...

C'est sorti tout seul. Je ne veux surtout pas qu'il raccroche. Mais il se méprend encore une fois sur mes intentions.

— Décroche, Léa Tremble, un gars a le droit de s'essayer... Si tu crois que c'est facile... Tu ne veux pas, tu ne veux pas, c'est tout.

— Ce n'est pas ce que tu crois!!... Je voulais te dire...

Qu'est-ce que je veux dire au fait? Je ne suis quand même pas pour lui avouer que... J'ajoute malgré tout:

— ... mais ça me gêne à mort...

Je perçois sa respiration au bout du fil. J'ai l'impression qu'il entend mon coeur se débattre.

Après un moment qui me semble durer

une éternité, j'articule, ayant peine à croire qu'il s'agit vraiment de moi:

— Je voulais te dire que je suis d'accord... pour...

Pour quoi au juste? Nul ne le sait, surtout pas moi. Mais pour quelque chose, en tout cas.

Que se raconte-t-on, par la suite? Je n'en ai pas la moindre idée. Tout ce dont je me souviens, c'est qu'il paraît que je ne ressemble à personne... Et que les cheveux longs ou à la mode prisonnière-dans-les-films-de-guerre ne le dérangent pas d'un poil. On finit par se donner rendez-vous le soir même. Je hasarde:

— Au même endroit qu'hier?

Il précise:

— D'accord... mais à bicyclette... Je peux me charger de la bouffe, si tu veux...

Quand finalement on raccroche, je reste un bon moment la main sur l'appareil, le fil du téléphone enroulé autour de moi. C'est ce que j'appelle se jeter à pieds joints dans le pétrin.

Qu'est-ce qui m'a pris?! Ce n'est pas moi, mais une autre qui a parlé à ma place. Un vrai cauchemar...!

Je me dégage avec l'intention de le rappeler et de tout annuler... Un gars comme lui ne peut pas vraiment s'intéresser à moi!! «Tout n'est que le fruit de mon imagination débridée.»

Et s'il était sincère...? Je le suis bien, moi! Un vrai rêve...

Au secours! Qu'est-ce que je vais mettre?!

Je monte dans ma chambre à la vitesse de l'éclair. J'enlève d'un coup tout ce que j'ai sur le dos. Je fais essai sur essai. Trop jeune... Trop vieux.... Trop sage... Trop petit... Ma garde-robe au complet y passe. Tout vole d'un bord et de l'autre. Moi, si ordonnée d'habitude. Mais le temps presse et rien ne me va!!!

Ma chambre est un véritable champ de bataille. Et mon coeur? Pire encore! Je suis en train de devenir aussi gaga qu'Isa...

Je finis par remettre mon vieux coton ouaté et le même pantalon. De toute manière, avec la tête que j'ai...

Je m'attarde un moment devant le miroir... Je me trouve, tout à coup, un petit air sympathique, avec un éclat inhabituel dans les yeux et un drôle de sourire faisant ressortir mes fossettes. C'est peut-être vrai que je ne ressemble à personne. L'idée me plaît bien, en fin de compte...

Au moment de partir, je suis assaillie par un problème de taille. Devrais-je changer de tampon? C'est plus sûr! Mais est-ce suffisant pour la soirée?! J'en glisse finalement un de rechange au fond de ma poche, déployant des trésors d'ingéniosité pour que rien ne paraisse.

Avant de sortir, j'écris une note à mon frère:

Cher Max,
C'est d'accord pour les cases.
Léa

Je laisse aussi un mot à l'intention de mes parents. Il faut croire que j'ai attrapé le virus de la boîte aux lettres.

Papa et maman,
Désolée, ne pourrai pas être là pour manger avec vous ce soir. Ne rentrerai pas trop tard.
Léa

Et je dévale l'escalier à toutes jambes. Mais au moment de passer la porte, je suis secouée par un énorme tremblement.

Le cauchemar d'hier me revient à l'esprit et je me retiens un moment au chambranle de la porte, paralysée par le vertige.

Je prends finalement une bonne inspiration et je sors en claquant la porte assez fort que ma peur s'écroule comme un château de cartes. «Un miracle est si vite arrivé», dirait mon père. Je ne peux pas croire que ça m'arrive à moi!

Et j'enfourche ma bicyclette et je file, le coeur en feu, vers mon premier rendez-vous d'amour.

À dix mille kilomètres de me douter que Sylvie-Anne s'éteindra ce soir-là à l'hôpital.

À suivre...

Table des matières

Chapitre 1
Qui m'aime? 13

Chapitre 2
La course contre la peine 27

Chapitre 3
Si j'étais ma mère 37

Chapitre 4
Touchez-moi, quelqu'un 53

Chapitre 5
Papa, viens chercher ta fille! 69

Chapitre 6
Un puits sans fond 85

Chapitre 7
Le tunnel de lumière 105

Chapitre 8
Sauve qui peut l'amour 123

Chapitre 9
Allô! c'est moi 137

Achevé d'imprimer
sur les presses de Litho Acme Inc.